La prop

HEIDI RICE

La proposition d'un Irlandais

AZUR

HARLEQUIN

Collection : Azur

Titre original :
THE BILLIONAIRE'S PROPOSITION IN PARIS

HARPERCOLLINS FRANCE
83-85, boulevard Vincent-Auriol, 75646 PARIS CEDEX 13
Service Lectrices — Tél. : 01 45 82 47 47 - www.harlequin.fr
ISBN 978-2-2804-7543-3 — ISSN 0993-4448

Composé et édité par HarperCollins France.
Imprimé en juin 2022 par CPI Black Print (Barcelone)
en utilisant 100% d'électricité renouvelable.
Dépôt légal : juillet 2022.

FSC www.fsc.org MIXTE Papier issu de sources responsables FSC® C159065

Pour limiter l'empreinte environnementale de ses livres, HarperCollins France s'engage à n'utiliser que du papier fabriqué à partir de bois provenant de forêts gérées durablement et de manière responsable.

1.

— Vous devrez rester joignable vingt-quatre heures sur vingt-quatre et sept jours sur sept. Si je vous contacte, vous vous libérerez sur-le-champ.

Je ne suis pas votre maîtresse, j'organise des événements.

— Vous êtes sérieux ?

Les mots avaient jailli de sa bouche sans qu'elle puisse les retenir, interrompant le flot d'instructions que lui assénait Conall O'Riordan depuis qu'on l'avait introduite, cinq minutes plus tôt, dans son bureau de verre du trentième étage de Rio Corp, au cœur du triangle d'or de Londres.

En le voyant relever la tête de son parafeur où il n'avait cessé de signer une pile de papiers, elle regretta sa réponse trop impulsive. Son regard bleu et perçant lui coupa le souffle.

Dès qu'elle avait appris que sa toute nouvelle entreprise d'organisation d'événements avait été contactée par la compagnie O'Riordan, elle avait entamé des recherches sur son P-DG. Elle savait donc déjà que ce milliardaire du secteur des technologies agricoles était beau comme un dieu, et doté d'un magnétisme, d'une volonté, d'une ambition et d'un charisme exceptionnels. D'origine modeste, il était, à trente et un ans, un excellent parti. Mais rien ne l'avait préparée à l'intensité de ce regard cobalt qui pesait maintenant sur elle. Ni à la chaleur qui avait envahi sa poitrine et rayonnait dans tout son corps.

Une sensation inconfortable qu'elle n'avait jamais ressentie, même avant la maladie et la mort de Tom. La tristesse qui la submergea à l'évocation de son mari l'aida à reprendre contenance et à se concentrer sur la réaction de O'Riordan.

Jamais elle n'avait éprouvé pour Tom une passion brûlante. Leur amour était né d'une amitié enfantine et l'intimité physique n'y avait pas tenu une place prépondérante. Son manque total d'expérience sexuelle expliquait-il sa réaction excessive face à O'Riordan ?

Il haussa les sourcils et sa bouche se crispa imperceptiblement… Avait-il éprouvé lui aussi la même poussée d'adrénaline ? Elle espérait bien que non.

— Vous avez dit quelque chose, madame Hamilton ? demanda-t-il d'une voix un peu rauque qui accentua encore le malaise qu'elle ressentait.

Respire ! Et arrête de fixer sa bouche !

Katie lutta pour se ressaisir. Cette mission pouvait tout changer, pour son entreprise et dans sa vie privée, et elle avait passé deux jours entiers à s'y préparer avec son équipe. En un temps record, dès qu'elle avait été convoquée par la direction de O'Riordan, ils avaient mis au point le dossier posé à côté de sa chaise. Mais si elle acceptait cette mission, il allait lui falloir trouver un terrain d'entente avec cet homme, en dépit de cette réaction déplacée.

Elle n'avait pas apprécié la façon dont il avait énuméré ses exigences, avant même d'avoir mentionné la nature de l'événement en question – une semaine de team-building à ce qu'elle avait cru comprendre, suivie d'une réception au siège de la compagnie O'Riordan, à Dublin. D'ailleurs, cette entrevue ressemblait davantage à un interrogatoire qu'à un entretien.

— Je… je me demandais pourquoi vous auriez besoin de moi sept jours sur sept et vingt-quatre heures sur vingt-quatre ? reprit-elle

— Cela vous pose problème ? demanda-t-il en la dévisageant d'un air de prédateur qui ne fit que redoubler son malaise.

Elle s'efforça de respirer à fond. Cet homme était puissant, très séduisant, et avait tout d'un mâle alpha. Sa réaction prouvait donc simplement qu'elle était encore vivante, et encore une femme. Rien de grave.

— Non, mais c'est seulement…, commença-t-elle pour meubler le silence. Habituellement, quand j'accepte une mission, je planifie l'événement, puis j'en discute avec le client et mon équipe. Lorsqu'il est entièrement satisfait, nous prenons en charge l'organisation…

Elle s'arrêta, consciente que le regard implacable de O'Riordan la faisait bafouiller. Avait-il cherché à la déstabiliser ? Dans ce cas, il avait pleinement réussi.

— Mon travail consiste à tout organiser dans les moindres détails, reprit-elle. Si vous me contactez en pleine nuit, je ne pourrai pas travailler efficacement.

Il posa son stylo sur la pile de feuillets qu'il venait de signer en esquissant un sourire qui rendit plus impressionnante encore la sombre beauté de ses traits virils.

— Madame Hamilton, je dirige une multinationale qui finance des projets sur huit fuseaux horaires différents. Je voyage énormément. Ce qui, pour vous, est la pleine nuit peut être le milieu de ma journée. D'ailleurs, je ne dors jamais plus de trois ou quatre heures par nuit.

Il fronça les sourcils, mécontent sans doute d'avoir divulgué une information aussi personnelle. Elle remua légèrement sur sa chaise, gênée d'éprouver une certaine sympathie pour cet insomniaque, une sensation aussi inadaptée que toutes celles qui l'assaillaient depuis qu'elle avait pénétré dans ce sanctuaire.

— J'ai une question concernant cet événement et j'aimerais que vous y répondiez immédiatement, *vous*, et pas un membre de votre équipe, continua-t-il sur un ton à la fois tranchant et condescendant. Mais si vous jugez que je vous en demande trop, mieux vaut que nous en restions là.

— Je peux me rendre totalement disponible s'il le faut.

Elle tenait à cette mission, et pas seulement pour des raisons professionnelles.

Pour elle, comme pour son entreprise, Conall O'Riordan représentait un défi. Depuis la mort de Tom, survenue cinq ans plus tôt, elle n'avait plus envisagé de sortir. L'attirance inopportune qu'elle éprouvait pour Conall O'Riordan était-elle le signe qu'elle revenait à la vie ?

— Très bien, je vois que nous nous comprenons.

Qu'importe la séduction de cet homme, elle était une professionnelle accomplie. Et puis, elle n'était pas son genre. D'après les recherches qu'elle menait depuis deux jours, il ne sortait qu'avec des top-modèles, des actrices et des femmes appartenant au même monde que lui.

Elle prit donc le dossier posé à côté de sa chaise pour tenter de recentrer la conversation sur l'essentiel.

— Voulez-vous examiner les différents concepts que nous vous proposons pour cet événement ? demanda-t-elle en se levant pour déposer le dossier sur son bureau. Il s'agit bien d'organiser une semaine de team-building au siège de…

— Pas du tout.

— Pardon ?

Totalement paniquée, elle reprit le dossier et le serra contre sa poitrine en contemplant O'Riordan. Caroline Meyer, son assistante, s'était-elle méprise sur les instructions qui lui avaient été fournies ? Sûrement pas, elle était trop consciencieuse. Et Katie venait elle-même de travailler deux jours entiers avec toute son équipe, pratiquement sans dormir, pour mettre au point ce portfolio. Tous ces efforts avaient-ils été vains ?

Alors que l'angoisse la gagnait, il lui fit signe de se rasseoir.

— Je vous ai volontairement transmis de fausses informations.

— Mais… pourquoi ? demanda-t-elle, stupéfaite.

— Pour préserver ma vie privée. Je ne veux pas que le moindre renseignement concernant cet événement ou sa localisation filtre dans la presse. J'exige que vous me signiez un accord de confidentialité avant que je vous engage.

Préserver la vie privée de son client est dans l'ADN de tout organisateur d'événements qui se respecte. Divulguer ce genre d'informations suffisait à détruire la réputation d'une entreprise, surtout si, comme la sienne, elle aspirait à travailler pour une clientèle exigeante et huppée.

— Pas de problème.

Après tout, ce n'était qu'une exigence de plus parmi toutes celles qu'il avait déjà formulées et elle savait à quel point ce genre d'homme pouvait se montrer pointilleux. Le demi-frère de Katie, Ross De Courtney, possédait et dirigeait la plus grosse entreprise de logistique européenne. Sans doute Ross, qui avait hérité De Courtney de son père, n'était-il pas un self-made-man comme O'Riordan, mais il était animé par la même détermination et la même ambition, et depuis dix ans qu'il dirigeait l'entreprise celle-ci s'était considérablement développée. Sa personnalité, exigeante et inflexible, ressemblait beaucoup à celle de O'Riordan.

Heureusement, jamais elle n'avait eu à organiser un événement pour Ross, et depuis qu'ils s'étaient brouillés, cinq ans plus tôt, à cause de son mariage avec Tom, elle n'avait plus eu de contact avec lui.

« Ce que tu éprouves pour Tom, ce n'est pas de l'amour, Katie, c'est de la pitié. Tu as dix-neuf ans et je refuse de te donner mon accord pour cet acte insensé. Et ne compte pas sur moi pour payer ton mariage. »

« Je n'ai que faire de ton argent et je ne te demande pas ta permission. »

Elle ravala l'anxiété qui l'envahissait chaque fois qu'elle repensait aux propos qu'ils avaient échangés et à la facilité avec laquelle Ross, ce tyran milliardaire, l'avait exclue de sa vie. Exactement comme leur père…

Katie s'empressa de chasser cette idée de son esprit. Ce n'était pas le moment de se fragiliser. Elle venait de passer deux nuits blanches à travailler inutilement sur ce dossier et O'Riordan n'était ni son beau-frère, ni son père qui avait refusé de reconnaître son existence. C'était un client sans aucun rapport avec Ross.

Heureusement, d'ailleurs. Travailler avec lui allait lui fournir une expérience unique puisqu'elle visait une clientèle haut de gamme.

— Il faut quand même que je sache de quel événement il s'agit pour pouvoir vous proposer un projet cohérent, insista-t-elle.

Il allait devoir comprendre qu'elle n'était pas une fée capable de créer un événement d'un coup de baguette magique sans même s'être concertée avec son équipe, se dit-elle en s'asseyant avant de déposer son dossier désormais sans intérêt contre sa chaise.

— Inutile de me soumettre un projet, vous êtes déjà engagée.

Après un bref instant de stupéfaction, elle éprouva un immense soulagement

— Vous plaisantez ? demanda-t-elle, le cœur battant.

Elle eut envie de se gifler. Quel manque de professionnalisme !

Il esquissa un demi-sourire qui fit immédiatement battre plus vite le cœur de Katie.

— Non, et j'exige que vous suiviez exactement mes consignes pour que cet événement soit digne de la position qu'occupe O'Riordan dans notre communauté et au-delà, dans la vie irlandaise. Karim Khan m'a parlé de la fête prénatale que vous avez arrangée pour sa femme Orla le mois dernier avant la naissance de son fils, et il vous a chaudement recommandée.

C'était de loin l'événement le plus prestigieux qu'ait jamais organisé Hamilton Events.

— J'ai beaucoup aimé travailler pour eux. Ils forment un couple adorable.

Katie sourit au souvenir de cette mission de dernière minute obtenue grâce à une amie d'amie. La première incursion de Hamilton Events dans la haute société, qui lui avait donné l'idée de se spécialiser dans ce type de clientèle. Mais la fête prénatale des Khan était un petit événement familial très intime, même si Karim était un homme d'affaires très fortuné. Son mariage avec Orla Calhoun, fille aînée du propriétaire d'une célèbre écurie de motos, avait été, deux ans plus tôt, l'événement mondain de l'année.

Mais O'Riordan n'avait pas l'air de vouloir que sa fête soit discrète et intime.

— Nous parlerons du prix quand tout aura été finalisé, continua-t-il sans préciser la nature de l'événement. Je paierai le double de ce que vous facturez habituellement – dix pour cent du budget total si je ne me trompe – si vous satisfaites à mes exigences.

— C'est correct. Si vous ne désirez pas dévoiler la nature de l'événement, il faudrait que je connaisse au moins le budget dont je disposerai et le nombre d'invités.

— Concernant le budget, je m'en remets à vous, dit-il du ton d'un homme pour qui l'argent n'est pas un sujet. Disons de l'ordre de cinq millions d'euros. Et à peu près cent cinquante invités.

— Je vois, répondit-elle dès qu'elle put de nouveau respirer.

Un budget de cet ordre allait permettre à Hamilton Events de se développer et de s'installer dans de nouveaux bureaux, au centre de Londres. Elle aimait bien ceux qu'ils occupaient dans les quartiers est, mais cela faisait peur à la clientèle qu'elle cherchait à attirer. Au-delà de l'argent, c'était l'occasion pour elle de jouer enfin dans la cour des grands.

— D'accord ? demanda-t-il en tendant la main à Katie.

Elle acquiesça en se levant et sentit la main de Conall O'Riordan serrer la sienne. De nouveau elle fut traversée par une onde brûlante jusqu'à ce qu'il la lâche enfin.

— Me direz-vous quel est cet événement, ou attendrez-vous que j'aie signé la clause de confidentialité ? s'enquit-elle en se frottant discrètement la paume sur la cuisse.

C'est une mission, Katie. Une mission formidable. Alors, cesse de t'inquiéter.

Il la fixa d'un air entendu, et elle crut qu'il avait décelé à quel point il la mettait mal à l'aise, mais il se contenta de répondre :

— Un mariage.

Le mot résonna au plus profond de son être. Elle avait toujours évité d'organiser des mariages qui lui auraient trop rappelé le seul qu'elle ait jamais planifié : le sien, avec Tom. Dix jours avant qu'il ne décède d'un cancer rare qui avait envahi son corps un an plus tôt et leur avait dérobé la vie qu'ils auraient dû avoir.

— Vous allez vous marier ? demanda-t-elle.

Savait-il qu'elle n'avait encore jamais organisé de mariage ? Retirerait-il son offre si elle le lui avouait ? Ce travail, elle ne l'avait accompli qu'une seule fois, pour l'être qu'elle aimait. Réussirait-elle à le faire pour un type comme Conall O'Riordan, aussi froid qu'exigeant ?

Cette idée bien trop intime la déstabilisa davantage. Il se mit alors à rire, un rire un peu rauque à la fois amusé et un peu amer.

— Absolument pas. Une de mes sœurs se marie. J'en ai deux.

Elle ne put s'empêcher de réagir à cette information. Si froid et cynique qu'il fût, il l'était moins que son propre demi-frère Ross, puisqu'il s'intéressait vraiment à ses sœurs.

En découvrant son regard chaleureux, elle éprouva une émotion inattendue. Pourtant, il avait beau aimer ses sœurs, il n'en constituait pas moins une menace pour sa tranquillité d'esprit, et un cauchemar du point de vue logistique. Car il était presque impossible de réserver un lieu adapté à un mariage huppé pour cent cinquante personnes deux mois avant l'événement.

— Elle s'appelle Imelda, déclara-t-il, l'arrachant à ses pensées. Elle a vingt et un ans, et s'obstine à vouloir épouser son amour d'enfance, un simple fermier qui vit près de chez moi, dans le Connemara. Je désapprouve ce projet, mais elle est têtue et désespérément romantique. Je suis donc pris au piège et j'ai décidé de lui laisser utiliser Kildaragh.

L'esprit de Katie cessa de divaguer. Durant ses recherches sur O'Riordan, elle avait vu des photos du château de Kildaragh. Un bâtiment victorien, construit sur les ruines d'un monastère médiéval, sur la côte ouest préservée de l'Irlande. Une merveille. Elle n'aurait donc pas à dénicher un lieu, en dépit de la difficulté de s'assurer, dans ce coin perdu d'Irlande, tous les services nécessaires. Elle allait devoir user au mieux de son entregent.

Soudain, une autre difficulté lui vint à l'esprit, et elle ne put s'empêcher de demander :

— C'est le mariage de votre sœur que vous désapprouvez, ou sa relation ?

Il fronça les sourcils et elle comprit qu'elle avait commis un impair. Mais, à sa grande surprise, il lui répondit :

— Les deux, madame Hamilton. Imelda est encore assez jeune pour croire tout ce qu'on raconte au sujet de l'amour. Trop jeune aussi pour prendre une décision raisonnable. Et puis Donal est un gentil garçon, mais il manque d'ambition. Je n'ai rien contre les fermiers, mais il n'est pas assez bien pour elle.

— Donc, vous ne croyez pas qu'elle soit réellement amoureuse ?

— Non. Pour moi, l'amour romantique n'existe pas. C'est une fiction conçue pour piéger les naïfs. Et prendre aux gens l'argent qu'ils ont eu tant de mal à gagner.

Quel cynisme ! Elle en était presque désolée pour lui. Comment pouvait-on se faire une idée si désespérante de la vie ? Elle, elle avait connu le grand amour, elle l'avait perdu, et cela l'avait presque détruite. Elle ne s'attendait pas à le connaître à nouveau, et n'en avait pas envie. Elle aurait eu l'impression de tromper Tom. Mais cela l'attristait que des hommes comme O'Riordan ou son demi-frère Ross, riches et puissants, ne puissent pas le comprendre.

— Tout ça pour satisfaire le plus primitif des instincts, ajouta-t-il en faisant une moue qui rappela à Katie la sensation bizarre qu'elle avait éprouvée dès qu'elle l'avait vu.

Son regard s'attarda sur elle, pénétrant, provocateur et désagréablement intime. Elle sentit son corps y répondre malgré elle et s'en trouva mortifiée.

— Vous acceptez néanmoins de payer pour un mariage que vous désapprouvez ? lança-t-elle pour tenter de rompre la tension qui montait entre eux.

— Que je l'approuve ou pas, je n'empêcherai pas Imelda de faire cette bêtise. Mais je m'étonne que vous me posiez cette question compte tenu du profit que vous allez en tirer.

— Moi, j'y crois.

— Vous croyez à quoi, exactement ? À la nécessité de dépenser une fortune pour fêter l'événement ?

— Non. Je crois au mariage. Et à l'amour.

Un éclair de surprise, vite dissimulé, traversa son regard.

— Comme c'est charmant ! Mais attendu aussi, venant d'une organisatrice de mariages.

Elle n'était pas une organisatrice de mariages, ou du moins pas encore, et son but n'était pas de convaincre ses clients de croire à l'amour. Si elle avait été jadis aussi incurablement romantique qu'Imelda, elle était devenue plutôt réaliste…

par nécessité. Quand bien même, pas question d'encaisser sans répliquer ce commentaire caustique.

— Peut-être, mais en tout cas, vous en aurez pour votre argent car je ferai en sorte qu'Imelda n'oublie jamais le plus beau jour de sa vie.

— Enfin, pas avant de divorcer. Je suis heureux de savoir que j'en aurai pour mon argent, car cela fait partie de mes exigences.

Son regard restait rivé à elle, et elle eut l'impression étrange qu'il n'était plus en train de parler du mariage de sa sœur. De nouveau l'atmosphère était devenue terriblement électrique et elle sentait son corps se réveiller. Ou plutôt s'éveiller, comme si jamais auparavant…

Il s'assit pour se replonger dans le dossier posé sur son bureau.

— Mon assistant reprendra contact avec vous quand vous aurez signé la clause de confidentialité, murmura-t-il tout en commençant à parafer les papiers placés devant lui.

Elle sentit son corps mollir, comme une marionnette dont on lâche les ficelles, et cette perte d'intérêt la déstabilisa davantage encore que l'attention qu'il lui avait manifestée.

— Je vais utiliser l'hélico de l'entreprise pour me rendre à Kildaragh vendredi prochain. Vous pourriez m'accompagner pour vous familiariser avec les lieux et organiser les détails. J'aimerais que tout soit terminé à la fin de la semaine suivante.

— Comment voulez-vous que je réussisse à finaliser un mariage de cent cinquante invités en si peu de temps ?

Se rendait-il compte à quel point c'était irréalisable ? Un pareil projet demandait du temps et de la réflexion. Même si le lieu était assuré, il y avait une foule de détails à envisager et de choix à faire !

De nouveau il chercha son regard, comme pour reprendre en main les fils de la marionnette. Il savait qu'il demandait l'impossible et en était secrètement ravi.

— Effectivement, le délai est un peu court, mais c'est votre rôle de faire en sorte que ça fonctionne. Sinon, on peut encore annuler…

— Ça fonctionnera.

Une fois dans le Connemara, il lui faudrait démarrer sur les chapeaux de roue.

— Très bien. Alors, tâchez de réfléchir à quelques idées que vous me soumettrez durant notre voyage à Kildaragh.

— Puis-je emmener un ou deux membres de mon équipe ? hasarda-t-elle.

Elle aurait bien aimé avoir Caro à ses côtés pour veiller aux détails, ainsi que Trev, un coordinateur free-lance qui l'aiderait à traiter avec les fournisseurs locaux…

— Non, je préfère que vous veniez seule. Je ne veux pas que ma maison soit envahie.

Envahie ? À en croire les photos en ligne, sa « maison » devait compter une cinquantaine de chambres ! Ce devait être une façon de la tester. Pour éviter de tomber dans le piège, elle s'empressa d'acquiescer. Pas question de perdre cette mission pour une broutille.

— Si vous préférez, je travaillerai en solo.

Elle pourrait toujours planifier une visioconférence pour garder son équipe dans la boucle. Il acquiesça d'un imperceptible signe de tête, comme s'il n'en attendait pas moins.

— Rien en relation avec Noël, évidemment, même si la fête doit avoir lieu début décembre.

— Nous choisirons un thème hivernal sans rapport avec Noël, si cela vous convient ainsi qu'à Imelda.

— Oui, cela me convient, répondit-il.

Il avait donc aussi un problème avec Noël et semblait vouloir se passer de l'avis de la mariée. L'élan de sympathie qu'elle avait ressenti envers lui un peu plus tôt lui parut soudain totalement déplacé. Il s'empressa de se replonger dans son dossier.

— Je ne vous retiens pas davantage, dit-il.

Elle comprit qu'il la congédiait et quitta le bureau, indignée d'avoir été si grossièrement traitée mais soulagée d'échapper à son regard inquisiteur. En arrivant devant l'ascenseur, à la vue du dôme de la cathédrale Saint-Paul, trente étages plus bas, et du Shard qui se dressait sur la rive opposée de la Tamise, elle fut prise d'un léger vertige à la pensée de partir si vite dans le Connemara, et de tous les défis que soulevait cette mission… Au premier rang desquels ce nouveau client milliardaire, taciturne, sans tact et si troublant.

Son doigt tremblait quand elle appuya sur le bouton. Elle serra le poing : elle devait réussir à contrôler ses réactions devant Conall O'Riordan. Sinon comment survivrait-elle à ses côtés durant une semaine où il lui faudrait se montrer au top ?

Ne sois pas ridicule, Katie. Tu es une professionnelle et O'Riordan un client. Ton meilleur client. Tu as travaillé dur et tu ne vas pas gâcher cette occasion à cause d'une réaction saugrenue.

De toute façon, O'Riordan n'avait certainement pas envie de s'occuper de l'organisation de ce mariage pour lequel il n'avait ni intérêt ni compétence, comme il l'avait proclamé. Et puis, il était très pris. En définitive, c'est avec Imelda qu'il lui faudrait traiter, même si ce n'était pas elle qui payait la facture mais son frère, ce despote ravageur et incroyablement sexy.

2.

— Vous êtes en retard ! hurla Conall pour couvrir le grondement de l'hélicoptère lorsque Katherine Hamilton apparut à l'entrée de l'héliport situé sur la terrasse de la tour O'Riordan et se précipita vers lui.

Elle tenait un petit sac et un énorme dossier semblable à celui qu'elle serrait contre elle cinq jours plus tôt, plein d'idées qu'il avait la ferme intention de rejeter. À la pensée de remettre la sœur de Ross De Courtney à sa place, il éprouvait déjà un immense plaisir. Soudain, le souffle de l'hélicoptère plaqua son manteau sur son corps, révélant ses courbes généreuses, et une onde de désir intempestive l'envahit.

Furieux, il dut reconnaître qu'en l'engageant – cinq jours plus tôt, alors qu'il avait seulement prévu de lui arracher des informations sur son frère – il avait agi sur un coup de tête. Un homme aussi peu impulsif que lui…

En la voyant approcher, il réalisa qu'elle était beaucoup plus petite que les femmes qui l'attiraient d'habitude, minces et musclées, ce qui rendait encore plus incongrue la réaction physique qu'il ne parvenait pas à maîtriser.

Le soleil se couchait sur la City de Londres et posait sur ses cheveux châtains un reflet brillant, et sa coupe au carré mettait en valeur ses joues rosies par la course.

Je me demande si elles sont aussi roses quand elle fait l'amour ?

Cette pensée importune l'irrita : il devait bien reconnaître que cette invitation à l'accompagner dans le Connemara était davantage la conséquence de sa libido déchaînée que de la parenté de cette Katherine avec un homme sur lequel il cherchait à s'informer le plus discrètement possible. C'était pour cette unique raison qu'il lui avait accordé un entretien. Jusqu'au moment où il avait levé la tête et où tout son corps s'était enflammé comme une allumette.

Pourquoi trouvait-il donc la demi-sœur de Ross De Courtney si attirante ? Certes cette femme était intelligente et ambitieuse – son agence commençait à avoir du succès dans les cercles qu'il fréquentait – mais c'était une De Courtney. Contrairement à ses sœurs, Imelda et Carmel, elle était une privilégiée, dorlotée et gâtée depuis sa plus tendre enfance, même si ses liens avec cette illustre famille n'avaient rien d'officiel et si elle avait l'air de vouloir travailler dur.

Ce qui restait à voir. Dès leur premier entretien, il avait senti sa propre détermination vaciller… En l'emmenant à Kildaragh, il gagnait du temps, et il n'était pas certain d'agir de façon purement rationnelle, même s'il restait convaincu que son plan était le bon.

Donc, il allait la mettre à l'épreuve sur cette mission, ne serait-ce que pour voir si sa réussite n'était pas due uniquement à son demi-frère. Mais d'abord il voulait découvrir tout ce qu'il pourrait sur cet homme qui avait abusé de sa sœur – un homme qu'il valait mieux tenir à l'écart de son neveu, il en était absolument convaincu.

S'il était satisfait du projet de Katherine Hamilton, il lui confierait l'organisation du mariage – après tout, quand il lui avait avoué qu'il ne réussirait pas à dissuader Imelda de commettre cette erreur, il n'avait pas menti. Pourtant, il doutait fort des capacités de la jeune femme.

Lorsque leurs regards se croisèrent, elle lui adressa un large sourire – comme si elle ne percevait pas à quel point il était irrité.

— Désolée, mais il y a eu un problème dans le métro. Cela ne se reproduira plus, monsieur O'Riordan.

Il contempla son visage rosi par la course. Pourquoi avait-elle pris le métro ? Pour le convaincre qu'elle était une Londonienne comme les autres, même s'ils savaient tous les deux que c'était faux ? Et qu'elle devait se battre pour gagner sa vie, comme il avait dû jadis le faire lui-même ?

C'est ça.

— Non, ça ne se reproduira plus, répondit-il en faisant signe à son assistant de se charger du bagage de la jeune femme et du dossier qui l'encombrait.

Puis il la prit par le coude pour la guider vers l'hélicoptère et fut heureux de la sentir réagir à ce contact, tout comme elle avait frémi quand ils s'étaient serré la main cinq jours plus tôt. Cette fois, il ne la lâcha pas avant qu'ils soient montés dans l'appareil.

Peut-être avait-il tort de se réjouir de cette réaction car, contrairement à son demi-frère, il n'était pas du genre à se jeter sur les femmes, même si celle-ci ne lui inspirait aucune pitié. Elle savait à quel jeu elle jouait et, au cours de leur précédente rencontre, il avait senti qu'il ne lui était pas indifférent. Alors pourquoi ne pas utiliser cette attirance inopportune à son avantage, en juste retour du mal que son frère Ross avait fait à Carmel ? Et au petit Cormac.

— Je suis un homme très occupé, madame Hamilton, dit-il en bouclant sa ceinture. Et je n'aime pas qu'on me fasse attendre.

— Je le comprends, répondit-elle en ôtant son manteau, révélant une jupe droite et un chemisier de soie vert émeraude assorti à ses yeux.

Une tenue qui aurait pu passer pour professionnelle, mais qui ne l'était pas vraiment : la soie moulait sa poitrine ronde et une mèche de cheveux était collée à ses lèvres. Elle la replaça derrière son oreille avant de s'asseoir en face de lui.

— Dorénavant, au cas où vous seriez en retard, prévenez Liam, mon assistant, dit-il, furieux de constater qu'elle lui faisait un effet de plus en plus évident. Ou plutôt, soyez à l'heure. J'ai horreur des collaborateurs peu ponctuels.

Pour cinq petites minutes de retard, il n'aurait pas dû se montrer inutilement désagréable, mais il détestait qu'on le fasse attendre. Et il voulait tester sa réaction quand on la remettait fermement à sa place.

Pour tout dire, au cours de leur précédent entretien, elle n'avait pas réagi à son comportement autoritaire comme il s'y attendait. En fait, il avait fini par lui en dire bien plus qu'il n'en avait l'intention sur ce qu'il pensait de l'amour et du mariage, et surtout sur sa relation avec Imelda.

Après son départ, il s'était dit que les discours romantiques de Katherine Hamilton et ses questions trop personnelles n'étaient que comédie et qu'une organisatrice de mariages prestigieux se devait de feindre un romantisme de bon aloi. Elle ignorait sans doute tout de la relation entre son demi-frère et Carmel, et celle-ci ne savait pas non plus qu'une semaine plus tôt il avait découvert qui était le père de Cormac.

Pourtant, même dans ces circonstances, il n'aurait jamais dû se laisser impressionner par la petite comédie que lui avait jouée Katherine Hamilton, ni entraîner dans une discussion si personnelle. Cela ne se reproduirait plus.

Elle le fixait d'un air aussi candide et sérieux que dans son bureau. Quelle comédienne ! Rien d'étonnant à ce qu'il s'y soit laissé prendre.

Un éclair d'impatience passa toutefois dans son regard. *Ah, madame Hamilton, vous n'êtes donc plus aussi patiente ? Combien de temps mettrez-vous à vous montrer sous votre vrai jour ? Et à perdre de vue votre mission ?*

Mais, à sa grande surprise, elle ne mordit pas à l'hameçon et se contenta de dire :

— Je comprends et je ne serai plus en retard. Cette

mission est d'une grande importance pour moi et pour mon agence. Tout se passera bien, je vous le promets.

De nouveau, il perçut dans sa voix une sincérité, un sérieux et un enthousiasme qui le firent douter, même s'il savait qu'elle méritait son mépris… Encore une de ces gosses de riches qui jouaient à la femme d'affaires. Elle aurait pu trouver une activité plus originale que celle d'organisatrice d'événements !

— Je vous conseille vivement de ne pas manquer à cette promesse, dit-il d'une voix moins dure qu'il ne l'aurait souhaité car, grâce à sa douceur feinte, elle avait réussi à calmer le jeu.

Elle se pencha pour saisir le dossier que Liam avait posé à ses pieds après avoir pris son manteau.

— Voulez-vous jeter un coup d'œil sur les thèmes que mon équipe et moi avons retenus ? s'enquit-elle en tentant de redonner à leur entretien une tournure professionnelle, malgré l'alchimie qui électrisait l'atmosphère entre eux.

Elle ouvrit le dossier qui contenait des échantillons de couleurs et de tissus, des notes et des croquis et quelques photos de Kildaragh qu'elle avait dû télécharger sur Internet.

— Évidemment, puisque j'aurai la possibilité de voir par moi-même les lieux et de discuter avec Imeld…

— Nous en reparlerons demain, coupa-t-il, furieux.

Il n'avait pas l'intention de la laisser parler à Imelda avant d'avoir pris la décision définitive d'utiliser ou non ses services. Il tira son téléphone de la poche de sa veste.

— Je dois passer quelques appels. Nous arriverons dans trois heures et j'aimerais être tranquille pendant le voyage.

Elle rougit et le fusilla du regard, mais sa colère n'amusa pas Conall autant qu'elle l'aurait dû, car l'étincelle qui brillait dans ses yeux émeraude les rendait plus fascinants encore.

— Bien sûr, monsieur O'Riordan, répondit-elle en refermant le dossier plus sèchement que nécessaire avant de se tourner vers la vitre.

L'hélicoptère s'éleva dans le ciel nocturne, offrant une vue magnifique sur la ville à la nuit tombante. Sur l'autre rive de la Tamise, le Parlement et la Grande Roue illuminés veillaient comme deux sentinelles unissant passé et présent tandis que l'appareil remontait le fleuve, en route vers l'Irlande. Il entendit la respiration de Katherine Hamilton s'accélérer comme la première fois que leurs regards s'étaient croisés, ce qui produisit sur lui le même trouble inopportun. Elle serra les poings et il dut secouer la tête pour échapper à la vision de ses doigts parfaitement manucurés s'enfonçant dans son épaule tandis qu'elle le chevauchait…

Il passa la main dans ses cheveux sans réussir à la quitter des yeux. Elle croisa les jambes, révélant un espace de chair nue, au-dessous de l'ourlet de sa robe. Il ne put s'empêcher de s'imaginer posant les lèvres sur son genou avant de remonter plus haut pour voir s'il pouvait lui arracher un cri – un cri de plaisir, cette fois.

Furieux, il détourna la tête. Était-elle consciente de l'effet qu'elle provoquait sur lui ? Cela faisait-il partie de son jeu ?

Il ouvrit son ordinateur pour passer la série d'appels qu'il avait programmés, bien décidé à l'ignorer durant tout le voyage. Pas question de laisser le charme de Katherine Hamilton et sa propre réaction lui compliquer la vie.

Mieux valait régler définitivement la question, se dit-il tout en respirant son parfum terriblement addictif, un mélange subtil d'orange, de cannelle et de romarin. Bien loin de l'odeur coûteuse et capiteuse qu'il avait imaginée. Chez elle rien ne correspondait à ses attentes, ce qui d'ailleurs l'agaçait au plus haut point.

Réveillée par une turbulence, Katie croisa le regard de Conall O'Riordan et se redressa aussitôt sur son siège, embarrassée de constater qu'elle avait sombré après le léger souper qu'on leur avait servi. Et qu'il l'avait remarqué. Depuis combien de temps l'observait-il ? Pourquoi cela accentuait-il encore la désagréable sensation qu'elle éprouvait ?

— Excusez-moi, murmura-t-elle, gênée par son regard implacable qui lui donnait l'impression d'avoir commis une faute, sans toutefois pouvoir préciser laquelle.

Elle était encore mortifiée d'être arrivée en retard et d'avoir dû subir ses sarcasmes. D'habitude, elle était très ponctuelle, surtout dans une circonstance aussi importante, mais il y avait chez Conall O'Riordan quelque chose qui la troublait... Comme s'il cherchait sans cesse à la provoquer par ses regards appuyés ou ses ordres brefs.

Elle respira à fond. Se détendre.

Allons, Katie, ressaisis-toi ! Rien à voir avec O'Riordan. Tu es fatiguée et un peu à cran à cause de l'enjeu énorme de cette mission.

Leur relation prenait une tournure trop personnelle, peut-être à cause de sa réaction stupide et excessive quand elle se trouvait en présence de O'Riordan, et de la pression qui pesait sur elle. Rien à voir avec ce qu'il était en réalité. Un pur fantasme auquel elle devait mettre fin au plus vite.

Après avoir travaillé quatorze heures par jour, cinq jours de suite, à réfléchir à ce mariage, elle n'était plus tout à fait aussi opérationnelle et pragmatique que d'habitude, voilà tout.

D'un léger signe de tête, il parut accepter son excuse comme un dû, même si son attitude montrait bien que son ressentiment n'était pas apaisé. Certes, elle avait été en retard, ce qui ne se reproduirait pas, et elle ne comprenait pas sa propre réaction, mais de son côté il avait vraiment exagéré. Un seul point positif : elle avait réussi à tenir sa langue. Il était clair qu'elle aurait plus de mal qu'elle ne l'avait prévu à manœuvrer cet affreux milliardaire, mais elle réussirait, elle n'avait pas le choix.

— Nous arriverons dans dix minutes.

Il ne lui avait plus adressé la parole depuis deux heures et demie, et l'accent typiquement irlandais de sa voix rauque fit courir un frisson dans tout son corps, comme chaque fois qu'il lui adressait la parole, même pour la tancer, c'est-à-dire le plus souvent. En inclinant la tête, elle se força à sourire.

— J'ai hâte de découvrir votre demeure, dit-elle pour l'apaiser.

D'habitude, elle n'avait aucun mal à nouer d'excellentes relations avec ses clients. Elle avait toujours été sociable, ce qui l'avait conduite à envisager ce métier. Si elle s'y employait vraiment, elle réussirait sans doute à faire en sorte qu'il se montre sous un meilleur jour.

— D'après les photos que j'ai vues sur Internet, ce château est magnifique, continua-t-elle. Un lieu merveilleux pour un mariage. Votre sœur a de la chance.

Elle n'avait pas encore essayé de le flatter, mais cela pouvait se révéler la bonne stratégie pour fissurer le mur de défiance qu'il avait élevé entre eux.

— J'ai cru comprendre que vous l'avez acheté il y a quelques années et que vous avez dépensé une fortune à le restaurer avec l'aide d'artisans locaux pour lui rendre sa splendeur d'antan.

La flatterie n'avait pas l'air de fonctionner et son regard bleu restait rivé sur elle, toujours aussi déstabilisant. Lorsqu'il lui avait reproché son retard, il s'était adressé à elle comme à une gamine, pas à une femme d'affaires compétente. Mais dès que ses lèvres esquissaient un sourire qui ne suffisait pas à réchauffer son regard, elle se sentait fondre.

— Vous avez donc fait vos devoirs, remarqua-t-il.

— Je tenais à me faire une idée du lieu avant de m'y rendre, reconnut-elle. J'ai lu l'entretien que vous avez accordé à *Investor Weekly* il y a deux ans, après avoir entamé les travaux de rénovation. Un projet difficile mais excitant.

— Disons plutôt très onéreux et très prenant, corrigea-t-il avant de baisser de nouveau les yeux sur son écran.

Ceux qui trouvaient les Irlandais bavards ne devaient pas

avoir tenté de converser avec Conall O'Riordan quand il était de mauvaise humeur. Son visage revêche aux angles marqués était parfaitement symétrique, à part une légère cicatrice sur la lèvre supérieure. Elle l'observa en catimini pour déterminer ce qui, dans son apparence, la troublait tant. Peut-être cette mèche sombre qui lui barrait le front. Ou ces lèvres bien dessinées, ou cette barbe de trois jours qui lui donnait un air un peu farouche ? Ou ces cils interminables qui contrastaient avec la virilité frappante de son allure ? se demanda-t-elle tandis qu'il tapait à toute vitesse un message sur son téléphone. Des femmes se seraient damnées pour avoir des cils pareils !

Arrête de le dévisager, Katie. Cela ne sert à rien.

Elle détourna les yeux pour regarder par la fenêtre en tentant de se concentrer sur la suite des événements.

Qu'est-ce que tu cherches ? À te faire punir ? Malgré son allure incroyable, ce type est épouvantable. Depuis quand es-tu attirée par les hommes arrogants ?

— Si vous regardez par l'autre fenêtre, vous allez apercevoir Kildaragh.

Elle tourna la tête, surprise de la note de fierté qu'elle avait décelée dans sa voix. Un rameau d'olivier, en quelque sorte, qu'elle saisit à deux mains. Et lorsqu'elle découvrit la demeure de Conall O'Riordan, elle n'eut pas à feindre l'enthousiasme.

— Oh… !

Le château de Kildaragh semblait tout droit sorti d'un livre de contes ou d'un film hollywoodien. Ses tours et ses tourelles se dressaient dans le ciel nocturne, protégées par de larges remparts. Au cours de ses recherches sur l'édifice, elle avait appris qu'il conservait les traces de son illustre passé, et mêlait des styles de diverses époques.

Il avait d'abord appartenu à un roi d'Irlande avant de devenir un monastère, puis un pensionnat, avant de péricliter dans les années 1980. Conall O'Riordan lui avait redonné vie. Tandis que l'hélicoptère approchait, la pleine lune d'octobre l'éclairait d'un doux rayon argenté.

— Les photos que j'ai vues ne lui rendaient pas justice, murmura Katie, subjuguée par la beauté de l'architecture. Quelle merveille !

À l'ouest du bâtiment construit sur un promontoire dominant la mer, elle aperçut une petite chapelle dont un des murs était orné d'une immense verrière et entouré d'un vaste parc clos.

— Ce vitrail est-il ancien ? s'enquit-elle en se tournant vers Conall.

Pour la première fois, elle vit un vrai sourire illuminer son visage. L'étincelle de cynisme habituelle avait quitté son regard et une fossette apparut sur sa joue.

Une fossette ? Vraiment ?

— Non : quand je l'ai acheté, le bâtiment et les jardins étaient en ruine, mais la structure originale en comportait un. Celui-ci est l'œuvre originale d'Elaine Doherty, une jeune verrière d'Innismann. Après avoir fait des recherches sur l'histoire du château et en s'inspirant de vitraux anciens, elle a imaginé cette œuvre inspirée du folklore local, selon lequel c'est le dernier roi d'Irlande qui a fait élever le premier bâtiment sur ce site.

Dans sa voix, la fierté avait chassé toute trace de cynisme, ce qui le fit paraître plus beau encore aux yeux de Katie.

— C'est exquis. Elle a un talent fou.

Tandis que l'hélicoptère descendait vers l'aire d'atterrissage aménagée près de la falaise, elle s'efforça de se concentrer sur l'architecture étonnante du château, plutôt que sur l'étonnante fossette de son propriétaire. Dès que les pales s'immobilisèrent, elle perçut le grondement de la mer se brisant sur les rochers. Son cœur battait au même rythme, et elle s'enthousiasma à la perspective d'organiser un mariage dans ce lieu splendide, et d'obtenir l'approbation de Conall.

Calme-toi. Il s'agit d'un travail, pas d'une aventure, même si le lieu est sublime, et le client, terriblement séduisant.

— J'ai hâte de le voir à la lumière du jour et d'imaginer comment tirer parti de ce décor. Votre sœur a-t-elle déjà déterminé le lieu où se tiendra la cérémonie religieuse ? s'enquit-elle en se demandant si Imelda choisirait la chapelle.

— Nous en parlerons demain, répondit-il tandis que s'ouvrait la porte du cockpit.

Le jeune assistant qui leur avait servi le dîner apparut et surprit Katie en s'adressant à son patron par son prénom.

— Conall, Geraldine Ahern de l'Amari Corp voudrait savoir si vous pourriez participer ce soir à une visioconférence avec Karim au sujet du projet de Zafar.

— Bien sûr. Faites visiter la maison à Mme Hamilton. Et présentez-la à Mme Doolan.

Il se tourna vers Katie, mais son sourire avait disparu, et son ton froidement professionnel la déstabilisa, une fois de plus.

— Rendez-vous demain à 17 heures. Nous discuterons des détails. Si vous avez besoin de quoi que ce soit, adressez-vous à mon intendante.

Un membre du personnel au sol l'aida à s'extraire de l'hélicoptère. Une odeur puissante de terre et de mer la saisit et elle fut giflée par une rafale de pluie tandis que redoublait le bruit du ressac. Avant qu'elle ait pu remercier Conall, il avait disparu en direction du bâtiment, entouré par un groupe qui attendait visiblement son arrivée.

— Je vais chercher votre manteau, dit le jeune assistant.

— Merci, répondit-elle, incapable de détacher les yeux de la haute silhouette de son client.

D'un bond, il franchit les marches du perron. La lourde porte de chêne s'ouvrit et il s'engouffra à l'intérieur, tel le seigneur du château.

Chassant cette pensée, elle se demanda pourquoi elle se sentait comme étourdie… et totalement désorientée.

Au fond, ce travail ressemblait beaucoup à une aventure exaltante. Un défi un peu irréel, mais si excitant !

Elle fut soudain envahie par un étrange pressentiment qui n'avait rien à voir avec sa mission – ni même avec la difficulté d'organiser en deux mois un mariage huppé pour un couple qu'elle n'avait même pas encore rencontré – mais qui était plutôt lié à cet homme taciturne, plus impressionnant encore que la gigantesque demeure où il venait de disparaître.

3.

Le lendemain matin, après une nuit plutôt agitée, Katie se réveilla de bonne heure dans la suite de la tour ouest du château qui lui avait été assignée. Sa réaction inappropriée à son nouveau client l'avait poursuivie dans ses rêves : son sommeil avait été perturbé par des visions sensuelles de Conall O'Riordan lui commandant d'un air dominateur de faire tout autre chose qu'organiser un mariage.

Elle ouvrit la fenêtre pour respirer l'air de la mer et profiter de la vue magnifique sur une crique déserte, juste au pied du château.

Au travail ! Voilà ce qui l'aiderait à oublier la présence trop impressionnante de Conall O'Riordan. Et elle avait beaucoup à faire. Avant son rendez-vous avec lui à 17 heures, il lui fallait régler le plus de détails possible : passer en revue les divers équipements du château et du parc, élaborer des suggestions valables concernant le déroulement de l'événement, communiquer avec son équipe pour discuter de la logistique – un des nombreux assistants de O'Riordan lui avait enfin dévoilé la date prévue – et, dans l'idéal, rencontrer la future mariée. Même si Conall n'avait pas évoqué de rendez-vous avec Imelda, celle-ci devait avoir son opinion sur le déroulement de son mariage.

Après s'être douchée, elle enfila un jean, des boots et un joli pull – tenue idéale pour arpenter le château et ses dépendances, au cas où elle tomberait par hasard sur son hôte. Elle ne mit pas longtemps à trouver Mme Doolan dont elle avait fait connaissance la veille. L'intendante, accueillante et bavarde contrairement à son patron, insista pour que Katie l'appelle par son prénom – Maureen – et pour qu'elle prenne un vrai petit déjeuner irlandais avant de lui proposer une visite guidée de Kildaragh. Elle lui présenta les membres du personnel et le cuisinier, Clodagh Murphy qui, bizarrement, ignorait encore qu'un mariage se préparait. Il faudrait demander à Conall s'il désirait faire appel à un traiteur ou à Clodagh et à son équipe assistée de quelques extra.

Au cours de la visite, Katie apprit que l'aile est abritait les bureaux de Conall, mais d'après Maureen il résidait rarement à Kildaragh, et aucune de ses sœurs n'y vivait non plus.

Elle prit de nombreuses photos des deux salles à manger, des quatre antichambres et des salons de réception situés dans l'aile principale, et nota des idées propres à enrichir les thèmes et les activités qu'elle envisageait.

Elle pénétra aussi dans la chapelle dont elle avait admiré la veille le vitrail représentant un roi et sa cour. Elle pourrait sans aucun doute abriter la cérémonie car elle était élégante, bien équipée et toute proche du château : même en cas de neige, les invités pourraient facilement en revenir pour assister à la réception. Quant à la salle de banquet, c'était assurément un lieu idéal pour les festivités dont décideraient Conall et sa sœur – repas assis ou simple buffet. Très haute de plafond, elle avait été aussi parfaitement restaurée que tout le reste de l'édifice : poutraison impressionnante, reliefs de pierre sur les murs épais, sols de marbre et mobilier d'acajou.

Pour cette salle splendide mais austère, elle imaginait un décor plus attrayant : des fleurs d'hiver, des bougies et des flambeaux suffiraient à créer une ambiance de conte de fées. Conall O'Riordan n'était sans doute pas un romantique, mais sa sœur devait l'être davantage, et ce château aurait offert un cadre splendide au mariage de la reine des fées.

— Puis-je vous servir votre repas, mademoiselle Hamilton ? Il est 14 heures passées et vous devez mourir de faim.

Katie leva les yeux de son téléphone où elle prenait des notes destinées à son équipe et aperçut Maureen sur le seuil.

— Déjà ?

Bientôt, elle affronterait Conall, et il fallait auparavant qu'elle fasse connaissance avec sa sœur.

— Je mangerais bien un sandwich si cela ne vous dérange pas trop. Mais je dois aussi parler avec Imelda, la future mariée. Et si possible avec son fiancé.

Conall aurait déjà dû la présenter à sa sœur, mais sans doute avait-il préféré lui laisser prendre l'initiative. Après tout, il lui avait clairement fait comprendre qu'il ne voulait surtout pas se préoccuper des détails… Même s'il avait parlé de l'appeler en pleine nuit.

— Imelda et Donal vivent dans la ferme de Donal, à dix minutes de voiture d'ici. S'ils peuvent vous recevoir après déjeuner, je demanderai au jardinier de mettre une voiture à votre disposition.

— Ce serait parfait, répondit Katie, tout excitée à la perspective de connaître la sœur de Conall – et pas seulement pour des raisons professionnelles.

Tout en lui faisant faire le tour du parc, Maureen l'avait mise au courant de certains détails de l'enfance de Conall qui avaient encore ravivé l'intérêt qu'elle avait ressenti la veille à l'égard de son client. À l'en croire, ses deux sœurs cadettes et lui étaient très proches. Leur père était décédé quand il n'avait que seize ans, et sa mère était morte deux ans plus tard, alors que les deux filles étaient encore très jeunes. Au lieu d'accepter que ses sœurs soient prises en charge par des proches ou par une famille d'accueil, il avait alors insisté pour devenir leur tuteur légal, tout en continuant à gérer seul la ferme familiale.

Katie avait moins de mal à l'imaginer gérant un empire agricole d'un demi-milliard de dollars qu'en père de substitution de deux jeunes filles. Cela l'impressionna d'autant plus qu'elle se rappelait le passé de sa propre famille avec tous ses problèmes. Mais pouvait-on encore appeler cela une famille ? Elle devait tirer son chapeau à Conall de n'avoir pas laissé tomber sa sœur quand elle avait choisi d'épouser son amour d'enfance contre son avis.

En faisant connaissance avec Imelda O'Riordan, elle allait découvrir le côté plus tendre qu'il s'efforçait de dissimuler, et qui l'intriguait davantage qu'il ne l'aurait dû. Qui l'intriguait beaucoup trop, même.

— Excusez-moi, mais qui êtes-vous ? s'enquit Imelda en la fixant de son regard bleu perçant, très semblable à celui de son frère.

Elle tapota le flanc du cheval qu'elle pansait quand Katie était entrée dans la grange et sortit de la stalle, visiblement très surprise. Grande et mince, des cheveux noirs relevés en queue-de-cheval, vêtue d'un jean usé et d'un vieux T-shirt taché de boue, elle avait le même froncement de sourcils terriblement intimidant que son frère aîné.

— Je m'appelle Katie Hamilton, et Maureen m'a dit qu'elle vous avait parlé de moi. Je suis organisatrice de mariages, finit-elle par répondre avec autant de difficulté que la veille, face à Conall.

Le sourcil d'Imelda s'éleva plus haut encore.

— Vous ne pouvez pas venir de chez Flaherty. Paddy n'aurait pas les moyens de se payer quelqu'un d'aussi classe.

— Flaherty ? s'exclama Katie en fronçant à son tour les sourcils, comme si elle n'avait pas dit « classe », mais « prétentieux ». Désolée. Je ne vois pas…

— Je veux parler du pub Flaherty's, à Westport, précisa la jeune femme en ôtant ses gants qu'elle rangea dans la poche arrière de son jean. L'endroit où nous avons réservé, Donal et moi, pour notre mariage.

Leur mariage ? Les doigts de Katie se crispèrent sur le dossier qu'elle tenait sous le bras.

Ce mariage de luxe était-il une surprise que Conall voulait offrir à sa sœur ? Une idée très inattendue, mais après tout il était irlandais. Elle avait encore parlé trop vite… Pourquoi ne l'avait-il pas avertie ?

— Excusez-moi. Je crois qu'il y a un malentendu, dit-elle avant de tourner les talons, furieuse contre son nouveau client.

Il ne lui restait plus qu'à tenter de limiter les dégâts jusqu'à ce qu'elle ait compris de quoi il retournait au juste.

— Hé ! Ne partez pas !

Imelda eut tôt fait de la rattraper et elle la prit par le coude pour l'arrêter.

— Vous ne m'avez même pas dit qui vous êtes.

Elle arrêta Katie d'un geste si brusque que son dossier lui échappa des mains. Ses croquis, les catalogues de ses fournisseurs, les photos et les échantillons, tout le contenu s'éparpilla sur le sol couvert de crottin. Bien sûr, elle avait tout enregistré sur son ordi, mais elle devait montrer le dossier dans une heure à Conall…

— Aucune importance, dit-elle en s'accroupissant.

Tout en ramassant tant bien que mal ses papiers, elle se demanda ce qu'elle pourrait bien dire à Imelda pour justifier sa présence – et comment elle expliquerait à Conall les taches qui maculaient le dossier.

La future mariée s'accroupit à côté d'elle et saisit un croquis fait pour illustrer une thématique médiévale éventuelle, complété par des échantillons de tissus et un nuancier.

— C'est superbe, murmura-t-elle sur un ton si admiratif que Katie s'immobilisa.

— Merci, bredouilla Katie avant de lui reprendre les deux feuillets.

— Vous avez du talent ! s'exclama Imelda. C'est Conall qui vous a engagée, n'est-ce pas ? Pour organiser mon mariage à Kildaragh ?

Katie rangea ses derniers papiers dans son dossier tandis que la jeune femme la fixait d'un regard entendu. Quelle gaffe !

— C'est vrai. Sauf que maintenant que je lui ai gâché sa surprise il va certainement me remercier.

— Quel sournois ! déclara Imelda avec un petit sourire qui la fit paraître plus jolie encore – décidément la famille O'Riordan était dotée de ravissantes fossettes. Une surprise, vraiment ?

— Désolée, mais je ne comprends pas, commença Katie pour tenter de reprendre le contrôle de la conversation.

Elle avait gaffé et sa grande mission risquait fort de tourner court. Jamais O'Riordan ne lui pardonnerait une erreur pareille, alors qu'il lui avait tant reproché ses deux minutes de retard. Mais elle ne voyait pas ce que sa sœur trouvait de si drôle à cette situation.

— Ne vous excusez pas, répondit Imelda, ce n'est absolument pas votre faute. C'est une histoire entre mon frère et moi. Ou plutôt entre mon frère, vous et moi. Je ne sais pas à quel petit jeu il joue, car il a fait tout son possible pour rompre ce mariage, mais ce dont je suis sûre, c'est qu'il a quelque chose d'autre que mon mariage en tête…

— Peut-être a-t-il changé d'avis ? tenta Katie sans vraiment comprendre de quoi il retournait.

— Vous le connaissez ? lui demanda Imelda d'un air apitoyé.

— Oui.

Brusquement, une image de son rêve lui revint en tête, une image qui n'avait rien de professionnel et son visage s'empourpra.

— Dans ce cas, vous savez déjà que c'est un despote sournois et cynique, déclara Imelda qui ne semblait pas avoir remarqué sa réaction intempestive.

Heureusement, la grange était faiblement éclairée.

— Eh bien…, commença-t-elle.

Elle hésita. Acquiescer n'aurait pas été professionnel du tout. Conall O'Riordan était un client – peut-être un ex-client – mais d'un autre côté elle se sentait assez d'accord avec le jugement que sa sœur portait sur son caractère. La veille au soir, tout comme la semaine précédente, il s'était révélé un authentique tyran.

— C'est un client plutôt exigeant, reconnut-elle.

— Exigeant ! rétorqua Imelda en éclatant d'un rire sonore. Si vous voulez, mais avec lui, il faut toujours chercher l'intention cachée, le plan tordu pour forcer les gens à se plier à sa volonté. Et sa volonté, la dernière fois que je l'ai vu, c'était de s'opposer à mon mariage avec Donal par tous les moyens. Pour sa petite sœur, il lui faut absolument un milliardaire.

Visiblement, ce souhait ne faisait ni chaud ni froid à Imelda. Cela rappela à Katie l'opinion de Ross sur son mariage avec Tom.

— Donc, reprit la future mariée en consultant de nouveau les croquis tachés, s'il vous a choisie pour organiser mon mariage… et un mariage spectaculaire à ce que je vois, c'est qu'il doit avoir une bonne raison. Et sûrement pas le désir de faire de ce jour le plus beau de ma vie.

— Êtes-vous certaine qu'il ne le fait pas tout simplement parce qu'il vous aime ? insista Katie, convaincue que, derrière son apparence autoritaire et cynique, Conall dissimulait un cœur d'or.

— Bien sûr qu'il m'aime ! s'exclama Imelda pour qui cet amour avait l'air d'être un fardeau plutôt qu'une bénédiction. Mais il est persuadé qu'il est le chef. Le mien, celui de Carmel et même celui de Mac. Un petit bonhomme de trois ans !

Quel petit bonhomme ? Et qui est Mac ? Conall O'Riordan aurait-il un enfant dont il n'a pas fait mention ?

Le cœur de Katie se mit à battre plus vite et une bouffée d'angoisse l'envahit. Son propre père avait toujours refusé de la reconnaître. Elle était la fille d'une de ses maîtresses, une « enfant du hasard », une « bâtarde », une « erreur », des noms que lui lançaient les petites pimbêches de la pension où Ross avait tenu à l'envoyer après la mort de sa mère. Au moins Ross, lui, l'avait-il acceptée, dès qu'il avait appris son existence par le notaire de sa mère. Quand elle s'était retrouvée seule, à quatorze ans, elle lui en avait été éperdument reconnaissante. Jusqu'à ce qu'il décide de la renier, cinq ans plus tard.

Conall était-il pire que son demi-frère ? Ressemblait-il à leur père, un homme non seulement arrogant et cynique, mais aussi égoïste et froid ?

— Sachez que Conall n'agit jamais par pure bonté, déclara Imelda, mettant fin à ce monologue intérieur. Il faut dire qu'il n'a plus beaucoup de cœur. Le sien a rétréci après la mort de papa et de maman. Plus il devenait riche et puissant, plus son cœur rapetissait. Alors, quand Carmel s'est retrouvée enceinte sans vouloir lui dire qui était le père, son cœur a quasiment disparu.

Mac est donc le neveu de Conall - encore quelqu'un dont il se sent responsable…

— Je vois.

Une bouffée de soulagement envahit Katie : elle ne s'était donc pas complètement trompée sur son client. Puis, à la pensée du cœur rétréci de Conall O'Riordan, elle sentit le sien se serrer, même si elle savait qu'il aurait tout autant détesté sa pitié que son manque de ponctualité.

Mais son cœur était-il vraiment rétréci ou seulement

méfiant ? Comme n'importe quel cœur qui aurait déjà dû endurer tant de tragédies ? Et assumer tant de responsabilités ?

— Je crois que j'ai compris, intervint Imelda, ramenant Katie à son problème le plus immédiat.

Pourquoi s'intéressait-elle donc autant à ceux de Conall O'Riordan ? Elle aurait bien mieux fait de se demander comment elle allait réussir à conserver cette mission.

— Compris quoi, exactement ? s'enquit Katie tandis qu'Imelda la scrutait d'un air attentif.

— La vraie raison pour laquelle Conall vous a engagée. Pourtant ça m'étonnerait qu'il mène cette comédie jusqu'au bout, puisqu'il s'oppose à notre mariage.

— Mais alors pour quelle raison… ? insista Katie, intriguée par la lueur malicieuse qui brillait dans les yeux bleus d'Imelda.

Après l'entretien pointu qu'elle avait eu avec Maureen concernant l'histoire de la fratrie O'Riordan, elle savait qu'Imelda avait vingt et un ans, trois de moins qu'elle, mais son frère devait la considérer comme une gamine épuisante.

— La raison, c'est vous, lança Imelda comme si elle venait de résoudre l'énigme du siècle.

— Pardon ? balbutia Katie, interloquée mais toujours sur ses gardes.

Ses joues s'empourprèrent de nouveau. Décidément, comme on le lui avait souvent dit, elle était vraiment trop transparente.

— Oui, vous ! répéta Imelda en éclatant de rire. C'est à cause de vous qu'il veut organiser mon mariage. Vous êtes très jolie, et comme le prouvent ces croquis, vraiment douée.

— Mer… Merci, bredouilla Katie sans trop savoir si c'était réellement un compliment.

Où Imelda voulait-elle en venir ? Elle n'appréciait pas vraiment le regard entendu que celle-ci lui jetait.

— De rien. D'autant plus que Conall a rompu avec sa

dernière maîtresse – Christy Cavanagh – il y a quelques mois, quand elle a commencé à lui parler mariage.

— Je n'y comprends plus rien, répondit Katie, humiliée de ressentir une pointe de jalousie au souvenir de la top-modèle époustouflante dont elle avait trouvé des photos sur Internet au bras de Conall O'Riordan, en préparant son premier entretien avec lui.

— Pour moi, il est clair qu'il cherche à vous séduire.

— Lui ? Pardon ?

Imelda voulait sans doute plaisanter, mais Katie ne put s'empêcher d'éprouver un frisson d'excitation. Conall O'Riordan – ce mâle dominant super sexy et super puissant qui l'avait mise en difficulté durant un entretien et un voyage tendu en hélicoptère, puis dans ses rêves torrides – s'intéressait-il vraiment à elle sur un plan autre que strictement professionnel ?

Une pure folie qui ne pouvait rien lui apporter de positif.

— Conall veut vous conquérir. C'est pour cette raison qu'il vous a engagée.

— Mais..., commença Katie dont le cœur s'emballait.

Si Imelda avait vu juste, elle aurait dû se sentir non pas impressionnée ou excitée, mais offensée. Car peu importait qu'il soit beau comme un dieu, un homme qui recrutait une femme pour coucher avec elle était un monstre. Elle aurait dû le savoir, car après tout n'était-ce pas exactement ce qui s'était passé entre ses parents ? Son père avait engagé sa mère pour rénover les fresques d'un *palazzo* qu'il possédait à Rome, alors qu'elle voyageait en Europe après avoir terminé son cursus d'art. Puis il l'avait séduite et avait fait d'elle sa maîtresse pendant quatre mois, prétendant l'aimer, avant de la laisser tomber dès qu'elle s'était retrouvée enceinte.

— Il a l'habitude de sortir avec les femmes qu'il emploie ? s'enquit-elle, incapable de calmer les battements de son cœur, tout en se demandant si elle devait s'effrayer des motivations de Conall, sans parler de ses propres réactions.

— Non, pas du tout, reconnut Imelda. Au contraire, il est plutôt à cheval là-dessus. Enfin, il y a un début à tout… Conall ne reste jamais seul plus de quelques semaines, et cela fait deux mois qu'il a rompu avec Christy. Mais depuis qu'il est milliardaire, les femmes se sont mises à lui courir après et, comme il tient à tout régenter, il a horreur de ça.

— Écoutez, Imelda, je crois que vous vous trompez du tout au tout. Votre frère ne s'intéresse qu'à mes capacités professionnelles, répondit Katie, bien décidée à ne pas laisser déraper la conversation. Et il ne me plaît pas du tout non plus sur le plan que vous évoquez.

Elle ne pouvait être tenue pour responsable des sensations qu'il provoquait en elle. Elle était sous pression et jamais encore elle n'avait… Jamais encore elle n'avait rencontré un homme comme Conall O'Riordan. Elle avait adoré Tom, mais il n'avait jamais suscité le genre de frissons que Conall O'Riordan suscitait chez toutes les femmes qui le croisaient.

Pourtant, elle refusait de se culpabiliser. Et encore plus de s'inquiéter. C'était simplement le signe que son corps s'apprêtait à sortir d'une trop longue hibernation. Depuis le jour où Tom était tombé malade, elle s'était sentie comme engourdie ; cela l'avait aidée à composer avec son chagrin et sa colère, et à transformer ce qui avait été son amour pour lui en intérêt pour son travail. Cela lui avait permis de se concentrer sur l'essentiel. Mais cet engourdissement ne pouvait pas durer toujours. Et ce n'est pas parce que Conall O'Riordan – ou la réaction qu'il provoquait chez elle – le lui avait fait comprendre qu'il fallait chercher plus loin. En tout cas, cela ne voulait pas dire qu'elle était prête à passer à l'acte ou à approuver les folles théories d'Imelda concernant les intentions de son frère.

— Vous ne voyez donc pas que cela fait de vous la candidate idéale ? insista Imelda.

Katie consulta ostensiblement sa montre et se leva.

— Il faut que j'y aille. J'ai rendez-vous à 17 heures au château avec votre frère.

Un entretien qu'elle appréhendait davantage encore, après cette rencontre avec Imelda. D'abord, elle allait devoir expliquer à son client qu'elle avait dévoilé son projet à sa sœur, ce qui risquait de provoquer sa colère car il avait clairement l'intention de garder le secret. Désormais, la folle théorie d'Imelda lui trottait dans la tête, et cela n'allait pas l'aider à garder son calme quand il poserait les yeux sur elle. Sans parler du dossier sur lequel elle travaillait depuis une semaine et qui était maintenant maculé de crottin de cheval !

Elle s'efforça de brosser le bas de son jean couvert de boue. Horrible. Elle n'avait plus le temps d'aller endosser la tenue professionnelle qu'elle avait préparée sous peine d'être en retard une fois de plus.

— Je suis absolument désolée de vous avoir importunée et d'avoir créé un problème entre votre frère et vous, avança-t-elle prudemment.

— Quel problème ? demanda Imelda, perplexe.

Katie s'abstint de préciser. Elle retiendrait la leçon et désormais elle n'agirait plus sur une impulsion ou par simple curiosité.

— J'espère sincèrement pouvoir vous aider à organiser votre mariage. Hamilton Events saura vous satisfaire, ainsi que Donal et M. O'Riordan.

— J'en suis convaincue car vos dessins sont superbes. Je les adore ! déclara Imelda en lui serrant vigoureusement la main. Puisque Conall paiera la note, ce sera beaucoup plus agréable que ce que nous avions projeté chez Flaherty.

Cette constatation d'une désarmante spontanéité rasséréna un peu Katie. Peut-être allait-elle réussir quand même à sauver cette mission, si elle savait s'y prendre, et à cacher à Conall les révélations de sa sœur. Car, s'il les découvrait, ce serait une raison supplémentaire de la virer sur-le-champ. Et franchement, elle ne pourrait pas l'en blâmer.

— C'est moi la mariée, ajouta Imelda, et même si mon opinion a peu de prix aux yeux de mon frère, dites-lui que le thème que je préfère est celui des fées et que j'espère bien qu'il me conduira à l'autel déguisé en lutin !

Katie faillit protester qu'elle n'avait pas pensé inclure de lutins dans son projet. Pour ce thème, elle envisageait un décor plus élégant, inspiré de la mythologie. Mais Imelda la fixait d'un œil narquois et elle sentit un fou rire la gagner.

— Ce n'est pas drôle. Si je le lui propose, il va me congédier, à coup sûr.

Imelda éclata de rire et Katie comprit alors que, durant leur bref échange, elle s'était fait une amie. Elle qui avait toujours désiré avoir une sœur en fut ravie, même si cette amitié devait être de courte durée.

— Sauvez-vous, maintenant ! Je voulais juste vous faire marcher, déclara Imelda en lui tapotant le dos en guise d'encouragement.

En revenant vers la voiture qu'elle avait louée, Katie se demanda comment la sœur de Conall pouvait être si spontanée et enthousiaste, et son frère si contrôlé et cynique. Puis elle se rappela leur passé : d'après Maureen, Imelda et Carmel s'étaient retrouvées orphelines respectivement à six et huit ans et Conall avait insisté pour être leur tuteur. Si Imelda était devenue ce qu'elle était, c'était donc dû à l'influence de Conall, en dépit des frictions actuelles entre eux. Il avait dû remplir merveilleusement sa tâche, même s'il s'était montré autoritaire et surprotecteur, pour que sa sœur, parfaitement équilibrée, ait une si grande confiance en elle après avoir perdu si jeune ses deux parents.

Debout sur le seuil de la grange, Imelda lui faisait signe. Donal, son fiancé, la tenait par la taille. Un jeune fermier bien bâti qu'elle avait croisé un peu plus tôt, avant qu'on la dirige vers la grange, et qui adorait sa future épouse, c'était évident.

— Bonne chance avec Conall ! lui cria Imelda tandis qu'elle regagnait son véhicule. Mais vous n'en aurez pas besoin car il n'a qu'une idée en tête : sortir avec vous, vous pouvez me croire.

Absolument pas. Et moi non plus, d'ailleurs.

Elle se concentra sur la route qu'éclairait le soleil déclinant. Mais quand le château apparut, enluminé de rouge et d'or par les feux du couchant, son cœur se mit à battre la chamade et elle sentit une chaude humidité sourdre entre ses cuisses.

Merci, Imelda.

4.

Bonne chance pour tes nouvelles amours, grand frère ! Tu en as enfin déniché une qui n'a pas l'air d'une mante religieuse racornie. Je t'approuve – et à propos, merci de prendre en charge l'organisation de notre mariage à Kildaragh. J'adore les idées de ta chérie et je t'adore toi aussi. Donal et moi nous acceptons. Immy xo xo

Conall contempla le texto de sa sœur, qui venait d'apparaître sur son téléphone, et essaya de comprendre.

« Tes nouvelles amours » ? « Ta chérie » ? De qui parlait-elle ? Et comment avait-elle eu connaissance de son projet ?

Dès l'âge de six ans, quand elle avait compris qu'il peinait à servir à la fois de père et de mère à deux petites filles, Imelda avait toujours adoré l'asticoter. Car il avait dû tout apprendre d'un coup, et vite : comment démêler les cheveux d'une fille de huit ans dès le matin, quand on a déjà passé deux heures à traire les vaches, comment apaiser les terreurs nocturnes quand on est recru de fatigue et de chagrin… Imelda, avec son regard d'aigle, détectait immédiatement toutes ses erreurs et lui indiquait comment les corriger.

Mais cela faisait un moment qu'elle ne le taquinait plus. En fait, depuis qu'ils s'étaient disputés au sujet de son mariage, ils ne s'étaient pratiquement plus parlé. Donal avait beau être un gentil garçon, il n'était pas assez bien pour elle. Et puis, pourquoi tenait-elle tant à se marier alors qu'après son diplôme à Trinity avec mention très bien en agronomie il l'avait formée pour qu'elle prenne le contrôle du département Irlande de O'Riordan.

Et bien sûr, même s'ils ne se parlaient plus, Imelda ne se privait pas de critiquer ses petites amies. Carmel aussi, d'ailleurs. Mais il n'avait que faire de leur approbation, et d'abord, à qui faisait-elle donc allusion ? Pour lui, il n'était pas question d'amour en ce moment, et il n'avait même pas eu le temps de trouver une remplaçante à Christy après leur rupture. Sans vouloir lui faire de la peine, où avait-elle pris l'idée qu'il cherchait plus qu'une relation purement sexuelle et une compagnie distrayante ?

— Conall, Mlle Hamilton vient d'arriver pour votre rendez-vous de 17 heures.

Il releva la tête et vit sur le seuil son assistant, accompagné de la personne qui depuis la semaine précédente n'avait guère cessé d'occuper ses pensées. Elle était vêtue d'un simple jean et d'un pull qui moulaient ses courbes voluptueuses, et cela suffit à le mettre en émoi.

Il se leva et rangea son téléphone dans sa poche. Il réglerait plus tard son problème avec Imelda, car il avait plus urgent à faire. Sa sœur avait donc appris qu'il avait engagé une organisatrice de mariages et s'attendait à célébrer à Kildaragh un événement qu'il désapprouvait, alors qu'il n'avait pris aucune décision définitive à ce sujet.

Mais il avait été touché par la façon dont elle avait signé son message. *Immy.* Le diminutif qu'il lui avait donné quand elle était bébé et qu'il n'avait plus utilisé après l'enterrement de leur mère, quand elle l'avait regardé droit dans les yeux, le visage rougi de larmes, et avait déclaré qu'elle était maintenant trop grande pour ce genre de surnom.

L'émotion qui l'avait saisi en le lisant l'avait encore plus gêné que l'onde de désir qui l'avait parcouru : il allait devoir changer ses plans et préparer vraiment ce fichu mariage. Et donc supporter beaucoup plus d'une semaine la présence de cette femme qu'il aurait préféré ne pas avoir remarquée, mais à quoi bon nier la réalité ?

— Bonjour, monsieur O'Riordan. J'espère que je ne suis pas en retard, dit Katie Hamilton en entrant, un sourire hésitant aux lèvres.

Malgré son air candide, il se demanda si elle ne cherchait pas à l'asticoter, elle aussi. Si c'était le cas, elle commettait une erreur, car il détestait qu'on se moque de lui. Le texto d'Imelda l'avait déjà assez agacé pour qu'il n'apprécie pas l'allusion à son comportement revêche de la veille, dans l'hélicoptère.

— Non, cette fois, vous n'êtes pas en retard, répondit-il sèchement après avoir jeté un coup d'œil à sa montre.

Il ne tenait pas à répondre à son sourire et encore moins à la faire rougir. La veille, son maquillage était impeccable, tout comme au cours de leur premier entretien, mais aujourd'hui elle n'avait pas l'air de s'être maquillée. Pour la première fois, il remarqua sur son nez des taches de rousseur qui lui donnaient l'air plus jeune et plus sexy encore, tout comme sa tenue un peu débraillée – était-ce de la boue sur son jean ? – et son léger sourire.

Immédiatement, il sentit son sang courir plus vite dans ses veines et se raidit.

Ne sois pas stupide. Elle n'est ni douce ni innocente, sinon, ce ne serait pas une De Courtney. Ce que tu ressens, c'est du désir sans plus - et l'émotion d'avoir vu Imelda user de ce vieux surnom.

— Asseyez-vous, dit-il en désignant le siège placé en face de son bureau derrière lequel il s'installa, bien décidé à dissimuler la vraie raison pour laquelle il avait fait venir Katherine Hamilton à Kildaragh.

Ce qu'il voulait, c'était en apprendre davantage sur son frère Ross. Et peut-être aussi la punir d'être une De Courtney et de profiter de tous les avantages et les privilèges dont sa propre sœur Carmel s'était privée en faisant un enfant à dix-neuf ans. Sauf que maintenant il allait lui falloir supporter en plus qu'Imelda se marie à Kildaragh ! Mais cela ne l'empêcherait pas de mettre Katherine Hamilton à l'épreuve, puisqu'il était désormais son client.

Il n'avait pas l'intention de lui faciliter le travail, bien au contraire. Elle ne le méritait pas, elle qui avait mené la belle vie jusque-là pendant que son frère détruisait celle de Carmel.

Il observa d'un œil sévère son pull et son jean pour bien montrer qu'il n'appréciait pas ce laisser-aller vestimentaire, même si la réponse de son corps était bien différente…

— Désolée de me présenter dans cette tenue, déclara-t-elle, un peu nerveuse, mais je n'ai pas eu le temps de me changer. Aujourd'hui, j'ai été très occupée à parcourir le château pour réfléchir à la logistique, mettre au point le programme de l'événement et planifier l'occupation des différents lieux…

— La prochaine fois, prenez le temps de vous vêtir correctement, coupa-t-il en espérant lui faire perdre contenance.

— Très bien, acquiesça-t-elle sans pouvoir dissimuler l'éclair de colère qui enflamma brièvement son regard, redoublant l'émoi de Conall.

Puis elle rangea une mèche derrière son oreille et il perçut une bouffée du délicieux parfum – orange et romarin – qui l'avait enivré durant le vol. Il dut se mordre la langue pour s'empêcher de le respirer à pleins poumons.

Décidément, ça n'allait pas du tout. Cette femme était la sœur trop gâtée d'un homme qu'il détestait, un homme qui avait séduit Carmel avant de l'abandonner avec leur enfant. Elle aurait plutôt dû le dégoûter.

— Vous avez apporté le dossier ? s'enquit-il, pressé d'en finir pour qu'elle disparaisse.

Et pour qu'il puisse réfléchir aux sujets qui le préoccupaient – cette femme, le mariage d'Imelda et le texto que celle-ci lui avait envoyé.

— Euh… non, reconnut-elle en ouvrant son portable qu'elle posa sur le bureau.

Au même instant, elle rougit de confusion. Mais pourquoi ? De quoi se sentait-elle coupable ? Ce trouble ne lui avait pas échappé, à lui qui était resté tuteur légal de deux adolescentes durant de longues années.

— Je vais utiliser mon ordinateur comme support, reprit-elle, les yeux rivés à son écran, en ouvrant une série de dossiers et de documents.

— Qu'est-il arrivé à votre dossier ?

Leurs regards se croisèrent et elle s'empourpra de plus belle. De la culpabilité, mais pas seulement. Plutôt, à la voir, un mélange de honte et de panique. Katherine Hamilton pouvait-elle être du genre totalement transparent ?

— Il est tombé dans la boue.

— Ah oui, où ça ?

Soudain, il comprit : Katherine Hamilton avait parlé à sa sœur et lui avait tout dévoilé avant leur entretien !

Comment avait-elle osé ?

Une bouffée de colère l'envahit, exacerbée par son désir qui redoubla en la voyant s'humecter les lèvres, et par la lueur de panique et de culpabilité qui passa dans son regard.

— Vous avez parlé à Imelda sans que je vous y aie autorisée ?

Cette fois, Katie, tu t'es vraiment sabordée.

Conall O'Riordan avait l'air fou de rage. Et plus superbe encore…

— Oui, balbutia-t-elle. Cet après-midi, je suis allée à la ferme Delaney. Je voulais juste prendre contact avec elle et lui présenter quelques-unes de mes idées avant notre rendez-vous. Après tout, c'est elle la mariée. J'ignorais que l'organisation de l'événement était censée être une surprise que vous lui faisiez.

— Ce n'est pas censé être une surprise.

Dans ce cas, pourquoi une telle fureur ?

— Tant mieux, répondit Katie en tentant de le prendre à la légère alors qu'elle sentait son cœur s'emballer. L'autre bonne nouvelle, c'est qu'Imelda a apprécié certaines de mes idées, en particulier sur le thème des mythes et du folklore.

— Réellement ? demanda-t-il, sarcastique.

Elle ne comprenait pas pourquoi il était si furieux, ni comment son regard aussi glacial que désapprobateur pouvait enflammer chaque centimètre de sa propre peau. Elle s'efforça de respirer calmement pour faire face. Dès le départ, Conall O'Riordan s'était montré rétif et désagréable envers elle. Il n'avait cessé de l'humilier et de s'énerver sur des points de détail.

En règle générale, elle s'efforçait d'éviter les conflits, un principe de base quand on travaille dans l'événementiel. Elle avait déjà eu affaire à des hommes arrogants et dominateurs, à commencer par Ross, et elle avait fini par comprendre qu'il valait mieux éviter de montrer la moindre faiblesse. Si elle s'était laissé dominer par Ross, jamais elle n'aurait pu profiter des quelques semaines où elle avait été la femme de Tom, des moments qu'elle ne regretterait jamais, même si cela avait beaucoup nui à sa relation avec son frère. De toute façon, même si elle désirait terriblement se voir confier cette mission, elle devait d'abord réussir à communiquer en toute franchise avec Conall O'Riordan.

— Si ce mariage n'est pas une surprise pour Imelda, commença-t-elle après avoir rassemblé toutes ses forces et son courage, quel mal y a-t-il à ce que je l'aie consultée à ce sujet ?

Elle avait beau avoir l'estomac noué, sa voix était claire et assurée. Si Imelda avait raison et si Conall l'avait engagée pour un tout autre motif, il fallait qu'elle le connaisse. Surtout si c'était celui que prétendait sa jeune sœur.

Il fronça les sourcils et son regard se fit si inquisiteur

qu'elle eut l'impression qu'il s'immisçait en elle. Durant quelques secondes, ils restèrent ainsi face à face et on n'entendit plus que leurs souffles. Elle sentait son regard peser sur elle, à la fois hypnotique et terrifiant.

Lorsqu'il finit par détourner les yeux, elle éprouva dans le secret de son cœur une impression de triomphe, comme si elle venait d'affronter et de vaincre un terrifiant dragon. Quelques secondes plus tard, il se tourna de nouveau vers elle, mais même si son expression était toujours aussi intense et perturbante, il n'avait plus l'air au bord de l'explosion.

— Ma sœur et moi ne sommes pas toujours d'accord. Elle est passionnée, mais parfois impulsive et trop téméraire. Et puis, elle aime bien me mener la vie dure de temps en temps, alors je préfère la ménager, dit-il sur un ton qui fit comprendre à Katie qu'il ne lui dévoilerait pas toute l'histoire.

Mais c'était un début qui allait leur permettre de communiquer plutôt que de rester dans le conflit. D'autre part, elle avait beau avoir apprécié Imelda, elle devait reconnaître que cette jeune femme était une force de la nature, tout comme son frère d'ailleurs.

— Je ne suis pas venue ici pour créer des problèmes entre votre sœur et vous, répondit-elle sur le ton le plus conciliant.

Il ne l'avait pas remerciée ! Elle allait pouvoir organiser ce mariage, mais maintenant elle devait se montrer professionnelle à cent pour cent.

D'une certaine façon, avec Conall O'Riordan, elle avait déjà franchi la ligne rouge, une ligne qui variait de façon incompréhensible, car, même si elle était veuve, jamais elle n'avait éprouvé pareille attirance physique. Il allait falloir désormais qu'elle établisse des limites, pour sa propre sauvegarde.

— Je suis ici pour organiser un mariage, et comme Imelda est la mariée, il m'a semblé capital de la consulter.

Il continuait à la fixer d'un regard inquisiteur, comme s'il cherchait à entrer dans son âme pour y découvrir ce qu'elle ignorait elle-même.

— Vous marquez un point, murmura-t-il et vous pourrez régler avec elle tous les détails. Inutile de me montrer tout ça, ajouta-t-il en désignant l'ordinateur, il vous suffira d'obtenir son approbation et celle de Donal.

— Très bien, acquiesça-t-elle en refermant son portable, un peu déçue de ne plus avoir à discuter avec lui à l'avenir – ce qui était très bizarre parce qu'au fond leur dialogue n'avait rien d'une partie de plaisir.

— Travaillez-y avec elle cette semaine, et une fois que vous vous serez mises d'accord, établissez-moi un devis.

— Je suis certaine de pouvoir m'en tenir au budget que vous m'avez fixé.

— Le budget ne pose pas de problème. Je veux qu'elle soit heureuse, même si elle s'apprête à gâcher l'excellente éducation qu'elle a reçue, répondit-il sur un ton mi-courroucé mi-résigné. Si le devis dépasse le budget prévu, contentez-vous de m'en avertir.

Katie acquiesça. Mieux valait se retirer car les désaccords de Conall avec Imelda concernant son mariage ne la regardaient pas. Elle venait de tourner les talons quand elle entendit s'élever derrière elle un soupir de frustration et de fatigue.

Malgré elle, elle se retourna.

— Quoi qu'il en soit, monsieur O'Riordan, j'approuve totalement votre attitude. Avoir un frère comme vous est une chance.

— Pourquoi ? questionna-t-il, visiblement surpris. Parce que je m'apprête à dépenser une fortune pour un mariage qui risque de ruiner la vie de ma sœur ?

— Non, répondit-elle sans relever ce commentaire cynique, convaincue que ce n'était pas une critique voilée de la façon dont elle gagnait sa vie. Parce que même si vous n'êtes pas d'accord vous êtes prêt à l'aider à réaliser son choix. C'est merveilleux, et bien plus rare que vous ne l'imaginez.

Il cilla et elle comprit que ce compliment l'avait touché. Elle se demanda pourquoi.

— Maureen m'a raconté comment vous êtes devenu le tuteur de vos sœurs alors que vous étiez vous-même encore presque un enfant, continua-t-elle, soudain désireuse de s'expliquer, au risque de franchir de nouveau une limite.

Sans doute aurait-elle mieux fait de garder ses distances, mais même si elle ne pouvait pas le faire changer d'avis sur ce projet, peut-être réussirait-elle à calmer son hostilité envers eux… et envers elle.

— Maureen m'a dit que vous les avez élevées toutes les deux en continuant à travailler à la ferme familiale et en montant votre propre affaire. Vous les adorez, c'est clair, et Imelda vous aime aussi, même s'il lui arrive de vous malmener.

Elle s'arrêta brusquement parce qu'il la regardait d'un air ébahi, comme si elle perdait la tête. Peut-être était-ce le cas car elle se sentait si troublée qu'elle avait du mal à respirer.

— Mme Doolan est trop bavarde.

Dans son regard, l'impatience et le cynisme avaient cédé la place à une gravité qui n'était pas entièrement désapprobatrice, ce qui donna à Katie le courage de poursuivre.

— Ce que j'essaie de vous dire, c'est que l'assurance, la détermination et l'indépendance d'Imelda sont le résultat de tous vos sacrifices. Si elle peut être vraiment elle-même, c'est à vous qu'elle le doit.

— Oui, c'est ça : j'ai créé un monstre, murmura-t-il avec un demi-sourire qui laissait entendre que, même s'il n'était pas ravi de ce mariage, il ne le désapprouvait pas entièrement.

Mais cela soulagea d'autant moins Katie qu'il continuait à la fixer de son œil de prédateur, comme s'il cherchait à débusquer sa vraie personnalité, au-delà de la contenance professionnelle.

— Nous pouvons nous revoir en fin de semaine pour faire le point sur le budget, proposa-t-il d'un ton courtois d'homme d'affaires, mais sans la quitter des yeux, ce qui provoqua en elle des frissons délicieux. Vous réglerez les détails de l'événement avec Imelda et Donal. J'aurai quelques invités à ajouter à la liste, mais pour l'essentiel, cela concerne Immy.

— Qui est Immy ? demanda-t-elle avant de comprendre que ce ne pouvait être que sa sœur.

À son grand étonnement, cette question innocente provoqua chez lui une tension si vive qu'il rougit d'émotion.

— Imelda. C'est son surnom, répondit-il en détournant le regard après s'être éclairci la gorge.

Cette réaction fit battre plus vite le cœur de la jeune femme. Conall O'Riordan n'était pas un tendre. Il était puissant, exigeant, taciturne et suprêmement cynique. Depuis plus d'une semaine qu'elle travaillait pour lui, il s'était révélé autoritaire et intransigeant. Cependant, en réalisant à quel point il était mal à l'aise après avoir usé du surnom de sa sœur devant elle, elle ne put s'empêcher d'être troublée. Il avait beau jouer au dur et vouloir contrôler toutes ses émotions, il ne pouvait y parvenir en permanence.

Même contre sa propre volonté, il restait humain.

Mais quand son regard aigu se reposa sur son visage, elle oublia vite cette pensée. Dans son ventre, le chuchotement du désir s'était transformé en un rugissement.

— Vous pouvez disposer, madame Hamilton, dit-il sur un ton abrupt qui laissait transparaître une indéniable frustration.

Elle acquiesça et se précipita hors de la pièce, soulagée de ne plus avoir à le côtoyer trop souvent. La chaleur qui sourdait dans son ventre se diffusa dans tout son corps.

Que lui arrivait-il donc ?

Elle regagna sa chambre, certaine qu'elle dormirait mal cette nuit-là encore. Cette fois, elle se retrouvait en terre inconnue, sans savoir comment elle allait réussir à s'échapper. Elle ne contrôlait plus rien à cause du regard inquisiteur de Conall O'Riordan, un regard qui ne signifiait sans doute rien pour lui, mais qui la troublait infiniment.

Sans savoir pourquoi au juste, elle devinait entre eux une étrange connexion : depuis qu'elle était à Kildaragh, à cause des bavardages de l'intendante, des indiscrétions de sa sœur et de sa propre réaction à une phrase totalement anodine, elle avait beaucoup appris. D'abord sur l'intimité de cet homme fascinant qui excitait sa libido, mais aussi sur son propre cœur trop sensible et trop facilement meurtri…

5.

« Quoi qu'il en soit, monsieur O'Riordan, j'approuve totalement votre attitude. Avoir un frère comme vous est une chance. »

Tandis qu'il nageait vers la plage privée que surplombait le château, les paroles prononcées une semaine plus tôt par Katherine Hamilton résonnèrent une fois de plus dans la tête de Conall. Pourquoi n'arrivait-il pas à oublier l'expression de son visage ce jour-là, sérieuse et sincèrement compatissante ? Pourquoi se soucier de ce qu'elle pouvait penser de lui et de sa famille ?

Les falaises rocheuses et sa combinaison de plongée l'avaient protégé du vent et de la pluie qui se déchaînaient depuis qu'il était entré dans l'eau, vingt minutes plus tôt. Dès qu'il eut ôté la combinaison, il se mit à trembler violemment. Il se sécha le plus vite possible avec une serviette et enfila le survêtement qu'il avait laissé à l'abri d'un rocher et qui était maintenant complètement trempé.

Peut-être ferait-il bien de courir un peu pour dépenser l'énergie accumulée dans son corps ? À cause de cette femme qui l'obsédait. Mais une rafale de vent glacé l'en dissuada. Ce serait de la folie. L'hypothermie n'était pas le meilleur moyen de chasser ses pensées déplacées. Et puis, jusqu'à présent, il avait réussi à se contrôler. Alors…

Après la confrontation qui avait eu lieu dans son bureau, il avait abandonné l'idée de l'interroger au sujet de son frère et préféré garder ses distances. Chaque jour, il était allé nager dans la baie pour calmer le désir qui l'avait envahi durant leur dernier entretien et qui troublait chacune de ses nuits et la plupart de ses journées.

Il avait à s'occuper et s'était tenu éloigné des parties de la maison où elle organisait ses réunions avec les fournisseurs locaux, artistes, artisans et traiteurs.

Pourtant, malgré ses efforts, il n'avait pu éviter de la croiser, et ces visions l'obsédaient sans qu'il puisse y remédier. Par exemple, quand il l'avait aperçue de la fenêtre de sa chambre, le mardi matin, en train de bavarder gaiement avec son jardinier en chef tandis que la brise d'automne soulevait les courtes boucles qui encadraient son visage.

Ou hier après-midi, du seuil de la salle des banquets où elle prenait des notes sur son éternel carnet de croquis. Elle ne l'avait pas remarqué, mais il s'était attardé à la contempler jusqu'au moment où la vue de ses petites dents blanches mordillant sa lèvre inférieure l'avait mis dans un tel état qu'il lui avait fallu l'après-midi entier pour recouvrer son calme.

Évidemment, cela lui était d'autant plus pénible que son intendante, ses assistants personnels et tout le personnel ne tarissaient pas d'éloges à son sujet. Pourtant, ils auraient bien dû comprendre à son regard qu'il n'avait nulle envie d'entendre mentionner son nom. Même sa sœur l'avait appelé plusieurs fois pour chanter ses louanges, si excitée par leur projet qu'elle en avait oublié qu'elle ne lui parlait plus. Comme si elle devinait qu'il n'y avait pas meilleur moyen de l'agacer, alors qu'il lui avait clairement fait comprendre qu'il ne s'intéressait absolument pas à Katherine Hamilton.

Sauf bien sûr que c'était faux. Il s'intéressait à elle, et cet intérêt n'avait fait que croître depuis une semaine, malgré les bains d'eau glacée, et le poussait à se comporter en prisonnier dans son propre château.

Sa serviette enroulée sur les épaules, il traversa la plage en direction des marches creusées dans la falaise.

Cela ne servait à rien de l'éviter, pourtant. Depuis leur dernière discussion, dans son bureau, un seul regard sur elle suffisait à enflammer son cœur au point qu'il avait baissé sa garde et ajouté foi à ce qu'elle lui avait dit concernant ses relations avec ses sœurs.

Il n'avait nul besoin de son approbation ni de sa sympathie. Et encore moins d'être captivé par la sincérité ou par la tristesse qu'il lisait dans ses grands yeux émeraude dénués de toute hypocrisie et de toute ruse. Pourtant, maintenant, il n'était plus simplement fou de désir, mais convaincu qu'elle n'était pas du tout celle qu'il avait crue. Dès le départ, il avait commis une erreur, et il ne pouvait pas la punir pour les méfaits qu'avait commis son frère. Même s'il en brûlait d'envie.

Quand elle lui avait parlé avec tant de compassion de sa relation avec ses sœurs, il avait regardé son visage et n'y avait lu que franchise et sympathie au lieu de l'indifférence qu'il aurait voulu y trouver.

Il désirait savoir pourquoi, à ce moment précis, elle avait eu l'air si triste. Pourquoi avait-elle été si touchée par ce qu'il avait fait pour ses sœurs ?

Et pourquoi cela le préoccupait-il tant ?

Cela faisait six jours qu'il résistait à l'envie d'ouvrir le rapport de l'enquête qu'il avait engagée quatre ans plus tôt, quand Carmel avait abandonné ses études d'art à Londres, enceinte, seule et anéantie, refusant de dire qui était le père du bébé. Finalement, les enquêteurs l'avaient mené jusqu'à l'homme qui, il en était désormais convaincu, était le père de Mac.

Toutefois, quand, la veille au soir, il avait ressorti le rapport, il n'y avait pas trouvé plus de détails sur Katherine Hamilton que ce qu'il savait déjà : son nom, son adresse et la mention qu'elle était la seule parente connue de Ross De

Courtney. Une demi-sœur illégitime qu'il devait chérir car il l'avait inscrite dans un pensionnat de très haut niveau.

« Même si vous n'êtes pas d'accord, vous êtes prêt à l'aider à réaliser son choix. C'est merveilleux, et bien plus rare que vous ne l'imaginez. »

Ces paroles apaisantes – et tout ce qu'elle lui avait dit cet après-midi-là – avaient percé le mur d'indifférence qu'il avait élevé autour de son cœur. Un mur qu'il avait construit brique après brique depuis qu'il était entré dans la chambre de sa mère un matin de Noël, treize ans plus tôt, et l'avait trouvée…

Il coupa court à ce cruel souvenir et à la vague de dégoût de lui-même qui l'accompagnait toujours. Pas question de s'engager sur cette voie alors qu'il était déjà assez perturbé par Katherine Hamilton !

Il remonta l'escalier qui menait à sa chambre, dans l'aile est du château, puis, après avoir déposé sa serviette et sa combinaison dans le panier à linge, il ôta son survêtement trempé et passa sous la douche.

Il resta un moment sous le jet puissant pour débarrasser ses cheveux du sel et du sable qui y étaient accrochés. Puis il tourna la manette sur l'eau froide pour tenter de neutraliser l'excitation qui le tourmentait malgré son bain glacé.

Il le fallait absolument, avant qu'il ne la revoie. Après s'être habillé, il consulta l'heure sur son téléphone. Il était en retard. Ce rendez-vous, il avait songé plus d'une fois à l'annuler car il n'avait pas vraiment besoin d'approuver lui-même le budget du mariage : son directeur financier aurait très bien pu s'en charger. Mais chaque fois qu'il était sur le point de le faire il y avait renoncé… Car en plus du désir qui le torturait il éprouvait maintenant de la curiosité, le sentiment dérangeant qu'il y avait chez Katherine Hamilton quelque chose qui lui échappait.

Elle devait quitter Kildaragh le lendemain, après la

signature du budget, et il n'aurait plus l'occasion de la revoir avant le mariage, plusieurs semaines plus tard.

Une occasion idéale de l'oublier. Même s'il ne pouvait nier qu'elle l'attirait, et qu'il avait envie d'en savoir plus sur elle et de découvrir les secrets qu'elle dissimulait derrière son candide regard émeraude.

Son frère l'avait-il laissée tomber, elle aussi ? Si c'était le cas, peut-être pourrait-elle lui fournir des informations qu'il utiliserait contre lui ? Et si son désir était partagé… Aurait-il tort d'user de leur attirance mutuelle pour se rapprocher d'elle au bénéfice de Carmel et de Mac ?

Il redescendit l'escalier pour regagner son bureau, situé lui aussi dans l'aile est. Elle ne pouvait tout de même pas être aussi innocente que le suggérait sa façon de rougir sans cesse ! Mais maintenant qu'il y était préparé, plus question de la laisser s'insinuer de l'autre côté du mur qui préservait les secrets de son passé.

Il ouvrit la porte de son bureau. Surprise, elle se leva d'un bond, sans lâcher l'ordinateur qu'elle tenait à deux mains, et il comprit que cet entretien, loin d'être une fin, était le prélude à une nouvelle étape de leur relation.

Il se souvint alors du bal auquel il devait assister le dimanche suivant à Paris, à l'Hôtel Lumière, et une idée lui traversa l'esprit. Il n'avait aucune envie d'y aller car il détestait ces mondanités où il fallait s'habiller, même si son département de relations publiques lui avait fermement recommandé de s'y rendre. Apparemment, il lui fallait gagner en visibilité dans les médias français avant que la filiale européenne de O'Riordan ne soit introduite en Bourse, deux semaines plus tard.

— Bonjour, madame Hamilton, dit-il en lui désignant un siège. Asseyez-vous.

Il s'empressa de passer derrière son bureau, mais en la voyant lisser sa jupe crayon sur son derrière avant de s'asseoir son envie de la contempler dans une tenue moins stricte se fit plus explicite.

Peut-être était-ce irréfléchi, téméraire, même, mais pourquoi pas ?

Katherine Hamilton était une romantique, elle le lui avait elle-même confié. Même si, au départ, il en avait douté, durant la semaine précédente, il en avait été convaincu en la voyant se lier si rapidement à sa sœur : par les quelques aperçus du monde féerique qu'elles avaient ensemble choisi comme thème du mariage, par la sentimentalité dont elle avait fait preuve en évoquant la famille, l'engagement et l'amour, et aussi, à l'instant même, par la façon dont ses joues avaient rosi.

Mais ce qu'il n'avait pas imaginé, c'était son regard troublé quand elle s'était tournée vers lui, une minute plus tôt.

Alors, pourquoi ne pas lui offrir la petite romance dont elle rêvait ? Ou plutôt, dont ils rêvaient tous les deux. Dans ces conditions, il lui serait sans doute plus facile de lui arracher quelques informations sur son frère. Et si le désir qui lui brûlait les veines ne se démentait pas, ils y trouveraient tous les deux leur compte.

Elle posa son ordinateur sur le bureau, l'alluma et commença à parler budget sur un ton parfaitement professionnel que démentaient la roseur de ses joues et sa respiration légèrement haletante. Il lui posa quelques questions pertinentes en se demandant comment l'inviter à Paris et à ce bal sans l'effrayer d'emblée.

Car il avait l'impression qu'elle le trouvait à la fois intimidant et excitant.

Lorsqu'elle lui présenta les devis des différents fournisseurs tout en se mordillant la lèvre, il ne put retenir un sourire.

Intimidant, c'était très bien… s'il voulait la déstabiliser un peu !

Continue à parler, ne le regarde pas et surtout arrête de rougir !

— Comme vous pouvez le constater, nous avons réussi à trouver des fournisseurs à la fois qualifiés et d'un excellent rapport qualité prix à Galway et dans le comté de Mayo. Imelda a insisté pour faire travailler des créateurs locaux et j'étais tout à fait sur la même longueur d'onde.

Elle reprit son souffle, en proie à un léger vertige. Pourquoi lui était-il si difficile de respirer quand il était dans les parages ? Et de rester professionnelle ? Peut-être était-ce son sourire, quand il était entré dans le bureau…

À moins que ce ne soit la vue de son corps moulé dans sa combinaison, quand il était sorti de l'eau, une demi-heure plus tôt ?

Depuis qu'elle l'avait vu nager, le dimanche précédent, avant de découvrir qu'il pratiquait quotidiennement les bains de mer glacés, elle s'offrait ce petit plaisir, dissimulée derrière la fenêtre de sa chambre…

Un petit plaisir qu'elle payait au prix fort, en ce moment même : comment se concentrer sur des chiffres et sur la recherche du meilleur fleuriste alors qu'elle était obsédée par l'image du corps superbe de Conall O'Riordan affrontant les éléments ou que l'odeur virile et épicée de son savon lui flattait les narines ?

Elle prit une inspiration avant de conclure.

— Vous pouvez donc constater que ce devis est extrêmement compétitif. Imelda est ravie des avancées réalisées dans notre projet.

— Parfait. Vous enverrez une note chiffrée à mon directeur financier, dit-il pour mettre un terme à la présentation qui avait duré une bonne demi-heure.

Une image de lui ôtant sa combinaison, les cheveux plaqués sur le front, les pectoraux ruisselants, s'imposa soudain à l'esprit de Katie…

Concentre-toi sur ton exposé…

— Euh… Oui, bien sûr, balbutia-t-elle en s'obligeant à le regarder dans les yeux.

Mais son visage et son regard bleu étaient tout aussi excitants que son torse nu, un peu plus tôt.

— J'ai donné mon accord pour le budget global. Pour les détails, voyez avec lui, ajouta-t-il, visiblement ravi de la voir perdre pied.

Savait-il qu'elle l'espionnait chaque jour ?

Arrête ! Dis quelque chose ! Et si possible, quelque chose de pertinent et de cohérent.

— Euh… Absolument. Vous ne désirez pas que je vous envoie cette note chiffrée à vous aussi ? demanda-t-elle.

— Votre note chiffrée ? répéta-t-il avec un sourire enjoué, mais sur un ton narquois qui la fit s'empourprer de plus belle. Non. Même si cette note chiffrée a l'air absolument admirable, dit-il comme si l'expression « note chiffrée » désignait en fait tout autre chose.

— Merci. Eh bien, je suppose que… je peux me retirer, à moins que vous n'ayez d'autres questions à me poser sur ce budget ? Ou sur notre projet ? ajouta-t-elle en se demandant si elle ne semblait pas trop désireuse de passer encore quelques précieux moments en sa compagnie.

— Je n'ai aucune autre question à vous poser.

Elle acquiesça et s'appliqua à ranger son ordinateur dans sa mallette, pressée de sortir de ce bureau avant de commettre quelque impair réellement mortifiant.

Sérieusement, Katie, quel manque de professionnalisme ! Comme si ça ne te suffisait pas d'être devenue une voyeuse !

— Cependant, je voudrais vous demander un petit service, sans rapport avec ce mariage. J'ai besoin de quelqu'un qui m'accompagne au bal Lumière, à Paris.

— Pardon ? bredouilla-t-elle, croyant avoir mal entendu.

Venait-il vraiment de lui demander de l'accompagner au bal Lumière, l'événement le plus prestigieux de la saison d'hiver européenne ? Seuls les milliardaires, les stars de cinéma et autres célébrités assistaient à cette soirée.

Mais ce n'était pas vraiment ce qui lui avait coupé le souffle, même si tout organisateur d'événement rêvait de ce bal. C'était la perspective d'y aller avec lui. Non, c'était impossible, il ne s'intéressait pas à elle, elle devait avoir mal compris.

— Je ne connais personne à qui vous pourriez le proposer, reprit-elle en se demandant s'il ne s'était pas imaginé qu'elle pourrait lui procurer une escort.

Bizarre, qu'un des célibataires les plus convoités au monde, qui devait avoir sous la main une cohorte d'admiratrices, lui fasse une telle proposition. Mais après tout un couple de septuagénaires lui avait bien demandé s'ils pouvaient fêter leurs noces d'or en escaladant Tower Bridge !

— Katherine, répondit-il en souriant… ça ne vous ennuie pas que je vous appelle Katherine ?

Il se leva et contourna son bureau pour venir s'asseoir sur un coin de table, face à elle.

— Katie, murmura-t-elle.

Il était si près qu'elle pouvait voir sa fossette en dépit de l'ombre qui régnait maintenant dans la pièce. Et aussi l'étincelle amusée dans son regard, si semblable à celui d'Imelda, à ceci près que celui d'Imelda ne lui donnait pas la chair de poule.

— Pardon ?

— Katie. Tout le monde m'appelle Katie, pas Katherine.

— Quel dommage ! Katherine vous va bien mieux. Katie fait trop jeune fille.

— Appelez-moi Katherine si vous préférez, murmura-t-elle avec difficulté.

— Très bien. Alors, soyons parfaitement clairs. C'est à vous que j'ai demandé de m'accompagner, Katherine. Et à personne d'autre.

Donc elle avait parfaitement compris. Mais comment

pouvait-il vouloir qu'elle l'accompagne, alors qu'il était si… enfin, tellement…

— Je vois.

— Vous me feriez une immense faveur en acceptant. Je dois absolument y assister et je préfère ne pas y aller seul.

Son cœur bondit dans sa poitrine comme s'il cherchait à s'en échapper. Il semblait vraiment sérieux, vraiment désireux qu'elle l'accompagne au bal Lumière.

Elle ferait mieux de refuser, car comment survivre si elle se retrouvait au bras de cet homme alors qu'une simple discussion avec lui sur un devis suffisait à lui couper le souffle ?

Imelda avait-elle raison et ne l'avait-il engagée que pour la draguer ? Mais, au même moment, elle se souvint d'une autre confidence que lui avait faite Imelda lors de leur première rencontre : « Depuis qu'il est milliardaire, les femmes se sont mises à lui courir après et, comme il tient à tout régenter, il a horreur de ça. »

Soudain, elle comprit pourquoi Conall l'avait invitée : pas pour la courtiser, elle, spécialement, mais parce qu'il ne voulait pas se retrouver seul au bal Lumière. Vulnérable, en quelque sorte. S'il tenait tant à ce qu'elle l'accompagne, c'était pour tenir les autres femmes à distance. N'avait-il pas parlé d'« immense faveur » ?

Une opportunité pour lui, donc, mais également pour elle. Car toutes les femmes rêvaient d'assister à ce bal, à la fois tremplin professionnel et signe de réussite sociale.

— Le bal a lieu demain soir, dit-il avec cet accent irlandais un peu rauque, une vraie caresse sur sa peau. Si vous avez un problème d'emploi du temps, je peux vous faire ramener à Londres par…

— Si vous y tenez vraiment, j'accepte votre invitation.

Pour la première fois, il lui sourit spontanément. Un sourire qui illumina son regard bleu et rendit sa fameuse fossette plus fatale encore. Katie sentit une onde électrique la traverser. Peut-être n'était-ce pour lui qu'une obligation, mais elle avait bien l'intention d'en tirer le maximum de plaisir. Pourquoi pas ? Cela faisait si longtemps qu'elle n'avait plus éveillé l'intérêt d'un homme !

Avec Tom, il n'y avait rien eu d'électrisant. Une relation confortable, tranquille et attentionnée. Une bouffée de mélancolie l'envahit. Elle se souvint de ce qu'il lui avait dit durant leur nuit de noces, tandis qu'ils étaient couchés tous deux sur son lit d'hôpital, bercés par le son du moniteur cardiaque.

« Quand ce sera fini, Katie, il ne faut pas que tu te sentes coupable, ni triste. Ni que tu portes le deuil. Tu mérites de trouver quelqu'un qui t'offre tout ce que je n'ai pas pu te donner : des aventures, des voyages, une grande passion, des tas d'enfants… et une vie sexuelle épanouie. »

Elle avait acquiescé, mais n'avait pas tenu sa promesse durant les cinq années suivantes. Parce qu'après avoir perdu Tom elle avait été anéantie, et bien trop occupée par le lancement de son entreprise pour penser à se divertir.

Quant à Conall O'Riordan, elle n'était pas assez stupide pour s'imaginer vivre avec lui une véritable histoire. Il était trop loin d'elle, et tous deux évoluaient dans des univers trop différents. Faire l'amour pour la première fois avec un homme tel que lui serait dangereux, car elle se sentait bien trop vulnérable et inexpérimentée.

Mais l'aventure et le voyage, peut-être agrémentés d'un soupçon de frisson, durant un merveilleux week-end à Paris, pourquoi pas ?

— Parfait, dit Conall en lui caressant la joue du bout du doigt avant de soulever doucement son menton pour l'inciter à le regarder.

Le cœur de Katie se mit à battre la chamade et elle humecta ses lèvres devenues subitement trop sèches. Le regard de Conall, rivé à sa bouche, se fit plus intense, mais il finit par la lâcher en s'éclaircissant la gorge.

Déçue, elle se dit qu'avec cet homme-là mieux valait éviter tout emballement. C'était prendre un trop grand risque.

— Combien de temps vous faut-il pour faire vos bagages ? s'enquit-il.

Encore sous le choc de ce baiser manqué, elle mit un instant à répondre.

— Très peu. Je n'ai pas emporté grand-chose.

— Parfait, répéta-t-il en se levant pour presser le bouton de l'Interphone. Liam, préparez-vous à nous emmener en hélicoptère à Knock. Puis assurez-vous que Joe est disponible là-bas pour nous piloter jusqu'à Paris. Ensuite, pourrez-vous appeler Étienne à l'Hôtel Lumière pour avancer à ce soir même ma réservation de la suite du dernier étage, je vous prie ?

La voix de l'assistant retentit immédiatement dans l'Interphone.

— Très bien, Conall. À quelle heure souhaitez-vous décoller ?

— Dans quarante-cinq minutes.

Ainsi, ils allaient partir ce soir même, dans moins d'une heure, songea Katie, prise d'un léger vertige.

Tout en mettant fin à la communication, Conall chercha son regard et émit un petit rire un peu contraint.

— Eh bien, Cendrillon, vous devriez aller faire votre valise !

— J'y vais tout de suite, répondit-elle avant de sortir.

Une fois dans sa chambre, elle remplit fébrilement son bagage tout en rédigeant un texto pour Caroline, son assistante à Hamilton Events, afin de la prévenir de revenir sur son emploi du temps du lundi suivant, avant de réaliser que Cendrillon avait un gros problème.

Elle n'avait emporté aucune tenue suffisamment habillée

pour être portée au bal Lumière, et d'ailleurs elle n'en possédait pas dans sa garde-robe.

Hélas, elle n'avait pas non plus une fée pour marraine.

Quelle détresse ! Cendrillon oui, mais sans robe de bal…

6.

— Tout est encore plus magnifique que je ne l'avais imaginé, chuchota Katie en tournant sans cesse la tête pour mieux voir l'Arc de triomphe tandis que la voiture s'engageait sur la place de l'Étoile.

— Que vous ne l'aviez imaginé ? s'enquit Conall en évitant de respirer l'odeur délicieuse de sa passagère. Vous n'êtes encore jamais allée à Paris ?

Durant le vol, il avait eu envie de lui poser bien des questions, mais avait préféré s'abstenir jusqu'à ce qu'il sache vraiment comment gérer cette situation. Cette décision de l'emmener à Paris, il l'avait prise sur un coup de tête, en réaction au désir qui le tourmentait depuis des jours et qu'il avait fini par reconnaître.

Certes il voulait toujours obtenir d'elle des informations sur son frère, mais lorsqu'elle avait accepté il avait éprouvé un soulagement presque physique qui en disait long sur ses réelles motivations.

Et puis elle avait eu l'air si excitée, si impatiente… et si nerveuse lorsqu'elle l'avait rejoint dans l'hélicoptère qui les avait emmenés jusqu'à Knock, avant qu'ils s'envolent pour Paris à bord de l'avion de la compagnie.

Bizarrement elle avait été surprise par tout ce luxe, comme si elle n'y était pas habituée. Elle avait pourtant dû être élevée dans le même environnement, sans parler de la clientèle à laquelle elle avait affaire. Une organisatrice d'événements se devait d'avoir de l'assurance, et jusque-là elle s'était montrée très confiante en elle. Mais, durant le vol et même après leur atterrissage à Orly, elle lui avait paru fascinée par cette expérience.

Il tenta de se convaincre qu'elle avait choisi de jouer un nouveau personnage : celui de l'ingénue naïve. Mais la lueur d'émerveillement, dans ses yeux, n'était pas feinte, ni la roseur d'excitation sur ses joues. Cela commençait à le tracasser.

Dans son bureau de Kildaragh, il avait été ravi à l'idée de la séduire. Après tout, le sexe était un besoin par lequel ils semblaient l'un et l'autre concernés. Mais maintenant il commençait à se poser des questions. Jusqu'à quel point était-elle innocente ? Il savait par le rapport d'enquête qu'elle avait vingt-quatre ans – un âge bien tendre pour avoir déjà fondé sa propre entreprise d'organisation d'événements. Il en avait déduit qu'elle ne manquait pas d'expérience, compte tenu de son métier et de son milieu.

Mais, en découvrant à quel point elle était surprise et émerveillée, il commençait à penser qu'il s'était trompé. Et si elle n'avait pas l'expérience qu'il lui avait prêtée et n'était pas aussi endurcie qu'il l'avait cru ?

Dans ce cas, il en aurait été bien contrarié car, de son côté et contrairement à Ross De Courtney, le frère de Katherine, les ingénues dans le genre de sa sœur Carmel, vulnérables et naïves, ne le passionnaient pas.

Pourtant, il y avait chez cette jeune femme un je-ne-sais-quoi qui lui donnait envie de la protéger et d'enrichir l'expérience qu'il lui offrait. Mais, attention, sans trop s'investir car jamais il n'avait éprouvé ce sentiment, sauf peut-être vis-à-vis de ses sœurs. Or ce qu'il éprouvait pour Katherine n'avait rien de fraternel.

— Non, répondit-elle en s'immobilisant enfin sur son siège. Tom et moi, nous avons souvent envisagé de voyager, et Paris figurait en haut de notre liste… Mais nous n'en avons pas eu l'occasion.

Qui pouvait bien être Tom ? se demanda Conall en proie à une bouffée de jalousie qui lui fit serrer les poings sur le volant. En tout cas, au ton qu'elle avait employé, il devinait qu'il comptait beaucoup pour elle.

— Qui est Tom ? s'enquit-il en s'engageant sur les Champs-Élysées.

Il aurait voulu ravaler sa question car Tom n'était visiblement plus aujourd'hui dans sa vie, et c'était tout ce qui comptait.

Elle poussa un soupir, mais son regard s'illumina en contemplant les lumières de la célèbre avenue qui était, comme toujours, bien embouteillée. Sur les trottoirs, une foule de gens circulaient entre les terrasses des cafés, les théâtres, les cinémas et les boutiques de mode qui regorgeaient de clients en cette fin de journée. Les scooters se faufilaient au milieu des voitures, les conducteurs irrités jouaient de leur klaxon et les passants intrépides traversaient l'avenue avec une nonchalance typiquement parisienne.

Dans la voiture, l'atmosphère s'était faite plus intime, et Conall attendait avec impatience qu'elle lui réponde. Elle le contempla avec un sourire un peu triste mais si sincère que sa jalousie s'en accrut encore… Pourquoi cela le bouleversait-il de penser qu'aucune femme ne l'avait encore regardé comme ça, alors qu'il n'aurait pas eu la moindre envie qu'elle le fasse ?

— Tom est mon mari, murmura-t-elle si bas qu'il eut du mal à l'entendre.

Elle était donc mariée. Les poings de Conall se crispèrent sur le volant, mais elle ajouta :

— Ou plutôt, il l'était. Il est mort il y a cinq ans, peu de temps après notre mariage. Il était…

Sa voix se brisa et elle dut s'éclaircir la gorge.

— Il est resté longtemps malade. Mais c'est bizarre, je n'arrive pas à penser à lui au passé.

— Vous avez été mariée et veuve à dix-neuf ans ? s'exclama-t-il, incrédule, mais toujours assailli par la jalousie.

Mais au fond, en quoi cela le concernait-il ? Son mari était mort depuis des années. Il savait déjà qu'elle était romantique, elle le lui avait dit elle-même. Cela ne faisait que le confirmer. Et pourquoi son comportement lui avait-il paru touchant, et non pas complètement absurde ? Après tout, si une de ses sœurs avait décidé de se marier à dix-neuf ans, il aurait tout essayé pour l'en empêcher. Il ne croyait pas à l'amour et encore moins à la nécessité de gâcher sa vie pour vivre une idylle romantique qui ne pouvait que causer du chagrin.

— On dirait que vous désapprouvez ce choix, remarqua-t-elle sur un ton si détaché qu'il se crut obligé de défendre son point de vue, tout en sachant que ce mariage raté ne le concernait pas le moins du monde.

— Oui, je le désapprouve.

— Pourquoi ? J'aimais Tom et il m'aimait. Pourquoi ne pas nous marier ?

— Vous tenez vraiment à ce que je vous réponde ? demanda-t-il, même s'il savait qu'il ferait mieux de garder pour lui son opinion.

Après tout, entre eux, ce ne serait jamais qu'une histoire banale et sans importance. Alors avait-il le droit de la questionner sur ses choix, si fous puissent-ils lui paraître ? Mais il ne supportait pas sa façon de réagir, comme si elle ne pouvait vraiment pas comprendre pourquoi ce mariage n'avait pas été une bonne idée.

Le romantisme était une chose, et l'autodestruction, une autre. Se lier à cet âge, surtout à quelqu'un qui n'avait pas d'avenir, était la preuve d'une naïveté extrême, et le fait qu'elle se croie toujours amoureuse de ce type lui semblait fou, pour de multiples raisons.

— Oui, j'y tiens.

— Alors, je vais vous l'expliquer, lança-t-il, contrarié de sentir comme un grand vide se creuser dans sa poitrine. D'abord, si ce Tom vous avait vraiment aimée, jamais il ne vous aurait demandé de l'épouser.

— Pourquoi ?

— Parce qu'il savait que sa fin était proche.

— On ne peut pas reprocher à quelqu'un de mourir, monsieur O'Riordan ! répondit-elle avec une dignité qui le piqua au vif mais qu'il préféra ignorer.

— Appelez-moi Conall, Katherine. Mais je ne suis pas de votre avis, déclara-t-il, soudain furieux contre cet homme qui provoquait tant de tristesse dans son regard émeraude.

— Tom n'avait pas le choix.

— Mais si ! Et il a choisi de profiter de vous.

Il l'imaginait, si jeune, presque une enfant, influençable et compatissante, exactement comme sa sœur Carmel qui avait eu le malheur de céder au charme de Ross De Courtney.

— Il n'a pas profité de moi. C'était mon meilleur ami, et c'est moi qui ai proposé de l'épouser.

— Pour le voir mourir ?

— Non, pour le voir vivre jusqu'au bout.

Comment pouvait-elle se montrer si déraisonnable, et déformer à ce point la réalité ? Cet homme l'avait exploitée. Il s'était servi d'elle. Il prétendait l'aimer, mais il lui avait fait du mal. Comme toujours quand une personne prétendait en aimer une autre.

La voiture arriva en vue du jardin des Tuileries, bondé de joggers du soir, de parents qui promenaient leurs enfants et de couples bras dessus bras dessous.

— C'est beau… et si romantique ! murmura-t-elle, visiblement décidée à changer de sujet.

Il s'efforça de chasser les souvenirs douloureux qui avaient envahi son cœur. Elle avait raison, et d'ailleurs, quelle idée il avait eue, de critiquer son mariage !

Elle continuait à regarder la Ville lumière dont la beauté l'arrachait à sa tristesse, bien décidée à ne plus rien dire de son mariage. De son côté, il avait toujours aimé Paris, peut-être à cause de son énergie cosmopolite et de sa sophistication, à l'opposé du coin perdu d'Irlande où il avait grandi. Mais l'enthousiasme de Katherine et l'excitation qui illuminait son visage lui faisaient voir la ville sous un nouveau jour.

— Les Français sont élégants, déclara-t-elle. Ça me plaît beaucoup.

Elle se tourna vers lui, visiblement prête à oublier le malaise qu'avait provoqué leur conversation.

— Une fois, quand j'étais adolescente, je suis partie aux sports d'hiver dans les Alpes françaises, mais je ne savais pas skier, alors les moniteurs me laissaient à l'hôtel pendant qu'ils dévalaient les pistes. J'adorais aller dans une petite boulangerie sur la place du village pour améliorer mon français, et après, traîner sur le marché.

Sa fascination pour Paris, si spontanée, ravit Conall. Quelle bêtise ! Peut-être n'était-elle jamais allée à Paris, mais elle avait mené une existence de privilégiée. Ses sœurs à lui n'allaient jamais au ski quand elles étaient adolescentes. Et lui non plus, d'ailleurs.

— Pourquoi n'aviez-vous pas appris à skier quand vous étiez enfant, comme vos copines ?

— Ma mère n'avait pas les moyens de nous offrir des vacances à la neige. Elle avait du mal à joindre les deux bouts : c'était une artiste de talent, mais elle ne savait pas bien se vendre. Et puis, je n'ai jamais été très sportive.

Mais ton père était tout de même milliardaire…

Il ravala sa remarque : il ne fallait pas qu'elle s'aperçoive qu'il en savait plus long sur elle qu'il n'aurait dû. Il avait appris qu'Aldous De Courtney ne l'avait jamais publiquement reconnue de son vivant, mais s'imaginait qu'il avait contribué à son entretien. Abandonner ses enfants devait être un trait de caractère héréditaire des hommes de cette famille !

— Si votre mère n'avait pas d'argent pour vous offrir des séjours au ski, comment se fait-il que vous soyez quand même allée dans les Alpes ? dit-il en se tournant vers elle à la faveur d'un embouteillage.

Le visage de Katherine se figea.

— Elle est morte quand j'avais quatorze ans, et mon frère ou plutôt mon demi-frère, Ross, est devenu mon tuteur. Heureusement pour moi, il avait les moyens, dit-elle sur un ton badin que démentait l'expression de ses yeux.

Le chagrin que lui avait causé la mort de sa mère était toujours là, visible.

— Ça doit être dur.

— Quoi donc ?

— De perdre sa mère si jeune. C'est arrivé à mes sœurs, et elles l'ont très mal vécu.

Le rapport du détective lui avait dévoilé dans ses grandes lignes la vie de Katherine – sauf son mariage –, mais jusque-là il n'avait pas fait le rapprochement avec la mort de sa propre mère. Et maintenant, il se sentait devenir bêtement plus protecteur encore à son égard à cause de cette coïncidence.

— Et vous ? Ça n'a pas dû non plus être facile pour vous ?

— J'avais dix-huit ans quand ma mère est morte, commença-t-il en tentant de maîtriser l'émotion qui lui déchirait le cœur, même s'il n'avait nul besoin de sa compassion.

D'ailleurs, il ne la méritait pas, et il n'avait pas amené Katherine à Paris pour se confier à elle et lui raconter son enfance. Ni pour rouvrir de vieilles blessures depuis longtemps cicatrisées. Avec ses sœurs, il avait fait son devoir de son mieux, travaillant dur et se sacrifiant pour leur donner tout ce qu'il avait pu. Même si l'argent et la sécurité ne pouvaient compenser la perte d'une mère, il n'avait rien à se reprocher, surtout devant la sœur de Ross De Courtney.

— J'étais adulte. Cela ne m'a pas affecté autant qu'elles.

— Adulte, à dix-huit ans ? lui dit-elle avec un regard qui lui fit détourner la tête.

— À vingt et un ans, j'avais déjà gagné mon premier million, rétorqua-t-il d'un air désinvolte, gêné par la douceur de sa voix. Quand il le faut, je peux me montrer offensif, ambitieux et impitoyable. Et bien avant la mort de ma mère, j'avais déjà cessé d'être un enfant.

Après avoir traversé la place de la Concorde, il immobilisa sa puissante BMW devant l'Hôtel Lumière, un bâtiment magnifique de quatre étages qui occupait tout un pâté de maisons. Ancien hôtel particulier construit pour Louis XV,il avait été classé monument historique cent ans plus tôt. O'Riordan Enterprises avait loué le dernier étage pour le bal Lumière.

L'homme qu'il était devenu était capable de ne pas tomber dans les pièges de la richesse et du luxe dont il jouissait après avoir travaillé dur. Il n'avait pas oublié sa vie de fils de fermier ambitieux qui aspirait à autre chose qu'à se lever à 4 heures pour nettoyer les étables et traire les vaches avant le petit déjeuner. Un gamin qui, chaque soir, s'endormait sur les livres de classe qu'il lisait devant la cheminée parce que le vieux générateur de la ferme n'arrêtait pas de tomber en panne…

Il avait fait ce qu'il fallait pour s'écarter du destin déjà tracé dont tous les O'Riordan s'étaient satisfaits jusque-là.

Il n'en avait pas honte et refusait de s'excuser de son ambition et de sa réussite. Et Katherine Hamilton, qu'il avait bien l'intention de séduire ce week-end, devait savoir qu'il n'était pas un héros. Ni un enfant accablé de chagrin. Et qu'il ne l'avait jamais été.

Le regard de la jeune femme se concentra sur lui, ce qui le mit mal à l'aise, tout en lui communiquant une étrange énergie. Jusque-là, personne ne l'avait jamais idéalisé, pas même Christy qui voulait pourtant l'épouser. Mais Katherine, elle, ne le connaissait pas du tout. Peut-être ferait-il mieux de lui donner un aperçu de ce à quoi elle devait s'attendre.

— Je ne vous crois pas, dit-elle.

Sa réponse était audacieuse et trop personnelle, mais elle avait le mérite de la franchise. Il l'accueillit d'un petit rire triste.

— Croyez ce que vous voulez, dit-il en lui caressant la joue du bout des doigts.

Elle poussa un soupir et ses yeux verts s'assombrirent, pleins d'un désir aussi violent que celui qui l'embrasait lui-même. Il lui prit le menton doucement.

Cela faisait des heures qu'il attendait ce moment, depuis qu'elle avait accepté de l'accompagner et qu'il avait remarqué que ses yeux brillaient de plaisir. Et même bien avant. Au moment précis où il avait levé la tête et l'avait vue qui le contemplait, dans son bureau. Alors qu'il aurait dû chercher à en apprendre plus long sur son frère, c'était elle qui l'intéressait.

Il baissa les yeux pour lui donner le temps de protester, mais n'entendit que sa respiration haletante, ce qui l'encouragea.

Il posa les lèvres sur les siennes. Comme il approfondissait son baiser, elle le prit par sa chemise pour l'attirer à elle et l'embrassa plus passionnément encore qu'il n'avait pu l'imaginer. Leurs langues unies dansaient dans leurs bouches un merveilleux ballet. Elle poussa un gémissement de désespoir et d'excitation, empreint pourtant d'un certain désarroi. Il s'écarta alors pour la regarder : elle semblait plus impressionnée encore et ébahie que devant l'Arc de triomphe.

— Vous… Vous m'avez embrassée ?

Il lui lâcha la main malgré le désir irrésistible qui le submergeait, sans pouvoir échapper à son odeur intime plus excitante encore que le goût d'orange et de romarin de ses lèvres. Un instinct animal se déchaînait en lui au-delà de l'image froide et contrôlée qu'il avait eu tant de mal à construire durant ces treize dernières années, depuis qu'il s'était juré de devenir un homme. Au moment où leurs lèvres s'étaient jointes, il avait senti cette retenue l'abandonner, laissant le champ libre à une sincérité qu'il ne maîtrisait plus.

— C'est vrai. Et cela fait des heures que j'attends ce moment.

En regardant son visage, il s'aperçut que ses doigts avaient laissé une légère marque rose sur son menton. Il la traitait non pas comme l'homme convenable qu'il se targuait d'être, mais comme un adolescent brutal.

Que lui arrivait-il donc ?

— Je croyais… je croyais que vous m'aviez invitée pour jouer la comédie.

— Pardon ?

Depuis quand était-il devenu l'esclave de ses appétits, incapable de contrôler ses désirs ?

Exactement comme ce salaud de Ross.

— Nous devions jouer un rôle, répéta-t-elle, et vous m'aviez invitée à ce bal pour éviter les avances des autres femmes. Votre sœur m'a dit que vous aviez horreur qu'on vous harcèle. Et que…

— Imelda s'est trompée, coupa-t-il, certain que sa sœur avait quelque chose à voir avec le choc qu'il avait lu dans les yeux de Katherine. Ce n'est pas une comédie.

Comment la situation avait-elle pu lui échapper si vite et si totalement ?

— Je vous désire, reprit-il, bien décidé à être aussi franc avec elle que le lui permettaient les circonstances, et vous me désirez, vous aussi. Ce baiser le confirme.

Il s'attendait à ce qu'elle proteste.

— Je… Oui, vous devez avoir raison.

Soudain, il aperçut le voiturier qui attendait patiemment

qu'ils sortent. Il avait l'air un peu gêné, et avait sans doute assisté à toute la scène. Conall n'avait pourtant pas l'habitude de se donner en spectacle, mais il ne pouvait plus penser à rien d'autre qu'à aller au bout de ce qu'il avait entrepris.

— Je ne suis pas du genre à contraindre une femme : maintenant que vous savez qu'il ne s'agit pas d'une comédie, si vous voulez rentrer à Londres, c'est tout à fait possible.

Il ne s'était jamais considéré comme un séducteur, mais la façon dont elle l'avait embrassé, sa réponse si franche, si spontanée, si passionnée l'avait un peu choqué et avait encore accru son désir.

— Je ne veux pas rentrer à Londres, finit-elle par répondre après un long silence.

— Très bien.

Il fit signe au voiturier. Elle avait besoin de temps pour accepter l'inévitable, et lui aussi d'ailleurs. Quand ils feraient l'amour, il avait bien l'intention de garder le contrôle de la situation.

— Bonsoir, mademoiselle, dit le jeune homme à Katherine en lui ouvrant la portière du passager, tandis que Conall sortait de son côté, en proie à une érection impressionnante que l'air froid de la nuit eut bien du mal à calmer.

Il guida Katherine vers le hall de réception, dont le décor de marbre, les dorures et les meubles anciens faisaient honneur à la réputation historique de l'hôtel. En la prenant par le coude, il la sentit frissonner et dut lutter contre l'envie de poser la main au creux de sa taille. Après un bref passage à la réception, on les accompagna au dernier étage où il lui fit visiter sa suite en se gardant bien de la toucher. Elle ne fit aucun commentaire, mais lorsqu'ils s'arrêtèrent devant la porte de sa chambre, de nouveau, il la vit frémir.

Il se tourna alors vers elle et lui effleura la joue du bout du doigt.

— J'aurais dû me raser. Vous avez une peau si sensible,

dit-il comme pour s'excuser de l'avoir embrassée dans la voiture.

Un instant de folie…

Elle acquiesça en le contemplant de ses grands yeux verts.

— Liam a suggéré que vous rencontriez une styliste pour vous conseiller. Il a pensé que vous n'aviez peut-être pas apporté la tenue appropriée pour ce bal.

Il aurait pu demander à l'un de ses assistants de s'en charger le lendemain, comme il en avait l'habitude quand Liam lui signalait ce genre de problème. En la voyant rosir, ce qui mit en valeur les taches de rousseur sur son nez, il fut heureux de ne pas l'avoir fait.

— Effectivement, il faut que j'achète une robe, mais je ne connais aucune boutique à Paris.

Pas question de lui laisser payer elle-même cette robe, se dit-il sans oser le formuler à voix haute. La mode féminine n'était pas son fort, mais une tenue appropriée risquait d'être hors de prix, et il aurait été injuste de lui en laisser supporter les frais.

— Liam va s'en charger, dit-il sans pouvoir ôter le doigt de sa joue.

Que dire de plus ? Leur baiser avait été merveilleux, bien plus encore qu'il ne l'aurait cru. Mais il devait se dominer.

— Demain, je vais enchaîner les réunions, alors donnons-nous rendez-vous à 20 heures dans le hall.

— Très bien.

— Amusez-vous bien ! dit-il en lui posant sur le front un chaste baiser avant de tourner les talons.

Katie referma la porte et s'y adossa un instant en reprenant son souffle, avant de se laisser glisser à terre car ses jambes se dérobaient. Par les hautes portes-fenêtres donnant sur la terrasse, elle pouvait voir les lumières de la ville et la lune qui éclairait le mobilier ancien de la suite, les tissus somptueux et les œuvres d'art.

Elle respira à fond l'odeur de cire pour tenter de se détendre… La vue sur Paris, autant que le baiser de Conall, lui avait coupé le souffle. Elle posa le doigt sur sa joue rougie, puis sur ses lèvres encore brûlantes de son baiser passionné.

Car il l'avait littéralement dévorée, marquée, comme s'il ne pouvait se rassasier d'elle, comme s'il exigeait qu'elle se rende. Au creux de son corps, il avait allumé une flamme dont jamais jusque-là elle n'avait senti la présence.

Elle aurait dû se lever, allumer pour explorer sa suite – sans doute aussi magnifique que tout ce qu'elle avait découvert pendant ce voyage – et contempler la vue de la terrasse, mais il lui était impossible de bouger. Son corps était comme liquéfié, sans substance, un magma de sensations brûlantes.

— Tom, je suis désolée…, murmura-t-elle dans la pénombre, submergée par un flot de culpabilité.

Mais le visage de Tom lui semblait si flou… Jamais il n'avait provoqué chez elle ce genre de réaction. Il était resté son meilleur ami. Avait-il vraiment été son mari ?

De nouveau elle se reprocha son attitude. Non pas parce qu'elle avait répondu trop vite au baiser de Conall, mais parce qu'elle ne parvenait plus à retrouver le souvenir des baisers de Tom.

Même si elle l'avait adoré, elle commençait à se demander si elle l'avait vraiment aimé, comme une femme aime un homme. Leur vie commune lui apparaissait comme un rêve – un rêve bref, tragique et très lointain – sans grande substance ni temps forts.

Pourquoi l'avait-elle épousé ? Parce qu'il avait besoin d'elle ou parce qu'elle avait besoin de lui ? À quoi bon se poser la question ? Sa vie avec Tom était terminée, et elle ne l'avait pas préparée à embrasser un homme comme Conall O'Riordan.

Elle s'efforça de reprendre ses esprits – ce qui se révéla difficile, car ce baiser elle le revivait sans cesse. Au bout de cinq minutes, elle réussit à se lever et traversa la pièce en tremblant encore. Elle fit glisser les portes de verre et se retrouva sur une vaste terrasse meublée d'élégantes chaises longues et ornée d'un décor de fleurs hivernales et de branches de pin. Quant à la vue, elle était à couper le souffle…

Au loin, tel un phare, se dressait la tour Eiffel, et le dôme de verre et de fer forgé du Grand Palais, tout proche, illuminait le ciel nocturne. Paris était une ville d'une stupéfiante beauté, et elle la découvrait avec un homme superbe qu'elle désirait et qui la désirait aussi. Néanmoins, elle aurait dû se montrer plus prudente, plus méfiante, et elle n'était toujours pas certaine d'avoir le droit d'agir comme elle le faisait. Était-il son patron ? Risquait-elle de compromettre sa mission en acceptant ce qu'il lui offrait ce week-end ?

Elle espérait bien que non. Elle savait qu'elle faisait du bon travail pour préparer ce mariage et, dès qu'Imelda avait pris le relais, Conall n'avait plus fait mine de s'y intéresser.

Tout ce qui se passerait à Paris resterait à Paris, elle le savait. Il lui en avait assez dit pour qu'elle soit certaine qu'il n'était pas du genre à voir plus loin.

Elle se souvint de son expression quand ils avaient évoqué son mariage. Peut-être aurait-elle dû s'en offusquer ? Ses objections ressemblaient beaucoup à celles de son frère Ross… Pourtant, elle avait eu l'étrange sentiment que c'étaient ses choix à lui qu'il désapprouvait, pas ceux qu'elle avait faits.

Il voulait absolument la convaincre qu'il était sans pitié, insensible, indifférent et que s'il s'intéressait à elle c'était par pure curiosité. Mais elle n'y avait pas cru.

Arrête de trop réfléchir. Le seul risque, c'est que tu tombes amoureuse.

Elle avait envie de s'amuser, de profiter de son premier bal. Conall O'Riordan était sûrement capable de l'initier au plaisir, mais elle devait garder en tête qu'il s'agissait d'une aventure aussi merveilleuse que fugace.

Leur attirance mutuelle ne témoignait de rien d'autre que de la surprenante alchimie qui les unissait et de la force de son propre désir qu'elle avait enfin l'occasion de satisfaire.

Sans cesser de respirer profondément, elle contempla la vue magnifique sur Paris, tandis que son corps se souvenait d'un autre spectacle tout aussi fascinant, celui des yeux bleus de Conall fixés sur son visage juste avant qu'il ne l'embrasse.

Deux jours de rêve... Profite de cette chance, tu le mérites ! Rentre chez toi, Cendrillon, demain, c'est Katie Hamilton qui ira au bal.

7.

— Cette couleur vous va à ravir, mademoiselle. Les pierres du corsage font ressortir le vert de vos yeux, chuchota la styliste à qui Conall l'avait confiée, Célestine Dupré, à l'oreille de Katie qui s'examinait dans la psyché dorée de la boutique de Mme Laurent, dans le Marais.

Du bout des doigts, elle effleura la broderie perlée du corsage avant de remonter vers le décolleté.

Heureusement, songea-t-elle en rougissant, Célestine avait insisté pour qu'elle enfile au préalable un soutien-gorge bustier, sinon ses seins auraient jailli hors de la robe ! Elle la lissa au niveau des hanches avant d'en examiner le bas qui laissait entrevoir les escarpins sophistiqués que la styliste avait tenu à lui faire essayer.

Elle poussa un soupir. Elle adorait cette robe qui lui donnait confiance en elle.

— Combien coûte-t-elle ? s'enquit-elle en s'efforçant de calmer son excitation.

Cette création de haute couture était exquise et le satin orné de perles et de pierres faisait de ses courbes une œuvre d'art. Une vraie princesse ! Mais Célestine tout comme Mme Laurent et ses employées s'étaient montrées très évasives concernant le prix des robes qu'elle avait essayées.

Katie dirigeait une entreprise prospère et n'était pas pauvre, mais elle n'envisageait pas de dépenser sans compter pour une tenue qu'elle n'aurait sans doute plus jamais l'occasion de remettre. Ce ne serait pas raisonnable.

Célestine lui adressa un gracieux sourire.

— L'assistant de M. O'Riordan a dit que vous ne deviez pas vous inquiéter du prix. C'est lui qui paiera…

— Elle la prend.

Katie sursauta et se retourna en entendant ces mots prononcés sur un ton autoritaire et avec un accent irlandais qu'elle ne connaissait que trop bien. Un frisson parcourut tout son corps.

Conall l'observait, vêtu d'un jean noir, d'un polo sombre et d'une veste de cuir. Dans ce boudoir élégant tapissé de satin, sa présence trop virile semblait presque incongrue.

— Conall ? murmura-t-elle, transpercée par le regard aigu qu'il posait sur elle.

Comme si cette robe beaucoup trop moulante la dénudait entièrement.

— Elle vous va très bien et sera parfaite pour ce soir, dit-il en lui prenant la main pour mieux l'examiner.

— Que… Que faites-vous ici ? demanda-t-elle, soudain très intimidée et en même temps ridiculement contente de le voir.

Quel que soit le prix de cette robe, elle réussirait à la payer, car elle avait trop envie qu'il la regarde de cette façon toute la soirée.

— Mes réunions se sont terminées plus tôt que prévu, et je me suis dit que j'allais vous faire visiter Paris, puisque vous n'y êtes jamais venue.

— Ce serait merveilleux ! répondit-elle, le cœur battant.

Elle avait l'impression de vivre un conte de fées. Après le petit déjeuner, Liam, l'assistant de Conall, lui avait présenté Célestine qui l'avait d'abord emmenée dans un spa luxueux où une équipe d'esthéticiennes et de coiffeurs l'avait massée et apprêtée comme jamais elle ne l'avait été de sa vie. Puis une limousine les avait déposées dans le Marais devant une des plus célèbres boutiques de la capitale où on lui avait fait essayer mille tenues de bal, de la lingerie et des chaussures, pour enfin lui proposer cette robe qui lui allait parfaitement.

En matière de vêtements, elle avait toujours été assez garçon manqué, mais elle savait apprécier le vrai luxe quand elle en avait l'occasion.

— Elle me plaît. Je désire l'acheter, dit-elle à la vendeuse dans un français hésitant, avant de se tourner vers Célestine. Pouvez-vous demander qu'on envoie la facture à l'Hôtel Lumière ?

Célestine acquiesça, mais au lieu de transmettre l'information elle se tourna vers Conall :

— Monsieur O'Riordan ?

Conall adressa quelques mots en français à Célestine, puis à la propriétaire de la boutique qui sourit avant d'appeler son assistante pour qu'elle aide Katie à ôter la robe. La jeune femme se tourna alors vers Conall.

— Que lui avez-vous dit au juste ?

— De mettre la robe sur le compte que j'ai dans cette boutique.

— Je ne peux accepter…

Elle était très indépendante et Conall n'était même pas son petit ami. Pas question qu'il lui offre cette tenue !

— Considérez qu'il s'agit de frais professionnels, dit-il sur un ton sans réplique avant de s'adresser de nouveau en français à la propriétaire du magasin.

Soudain, la phrase qu'il venait de prononcer revint à l'esprit de Katie.

— Comment se fait-il que vous ayez un compte dans une boutique de vêtements féminins ?

Les lèvres du beau milliardaire esquissèrent un sourire qui le rendit plus séduisant encore, et il se pencha pour lui murmurer à l'oreille :

— Qu’est-ce que vous croyez, Katherine ? Pour info, ce n’est pas pour moi que je les achète.

Elle sourit tandis que sa gorge, son cou puis son visage s’empourpraient.

— Je… Je préfère régler moi-même.

À voix basse, il s’entretint un instant avec la propriétaire du magasin avant de se tourner de nouveau vers Katie.

— Elle coûte vingt mille euros.

— Pardon ?

Ébahie, elle baissa les yeux sur la robe dont les perles étincelaient dans la lumière de l’après-midi.

— Je vais chercher quelque chose de plus raisonnable.

Son entreprise marchait bien, mais vingt mille euros pour une robe ? Impossible de justifier une telle dépense.

— Mais non, voyons ! répondit-il avec un large sourire.

Elle qui travaillait dans l’événementiel de luxe aurait dû savoir comment vivaient ses clients. Pourquoi n’avait-elle pas deviné que le prix de cette robe excédait ses possibilités ?

— Si nous voulons visiter Paris cet après-midi, nous n’avons pas le temps de chercher autre chose. D’ailleurs, à quoi bon, puisque vous êtes superbe dans cette tenue ? reprit-il avant de poser sa paume tiède sur l’épaule de Katie pour l’obliger à se retourner. Et maintenant, allez vite vous changer pour que nous sortions enfin d’ici ! Il ne nous reste plus que quatre heures avant le bal et j’ai tant de merveilles à vous montrer !

Son ton était si enjoué qu’elle se dirigea vers les cabines sans même chercher à discuter. Peut-être pourrait-elle obtenir un paiement échelonné, se dit-elle tandis qu’une vendeuse l’aidait à quitter la robe. Tout en renfilant son jean, ses boots et sa veste, elle la regarda l’emballer avec soin.

Impossible d’accepter un cadeau aussi coûteux, elle ferait tout pour rembourser Conall.

Pas question cependant de laisser cet incident lui gâcher son après-midi de rêve ! Elle avait trop hâte de visiter Paris avec Conall O'Riordan, ce qui lui permettrait de mieux le connaître. Cette aventure lui donnait au moins le droit de satisfaire la curiosité qu'elle éprouvait à son égard.

— Mais où est la voiture ? s'enquit Katherine en contemplant la superbe Harley-Davidson vintage qu'il avait fait livrer une heure plus tôt à leur hôtel après avoir annulé tous ses rendez-vous de l'après-midi.

Il avait déjà eu du mal à se concentrer sur ses affaires le matin, alors impossible de s'éloigner d'elle quatre heures de plus.

Sans doute était-ce risqué, mais il en avait été bien récompensé quand il était entré dans la boutique de luxe que fréquentaient ses deux précédentes conquêtes et qu'il avait découvert la femme magnifique qui l'accompagnerait ce soir-là au bal.

Il dut faire un gros effort pour s'arracher à ces pensées. Ce n'était pas le moment !

D'abord, il devait lui faire visiter Paris, comme il le lui avait promis. Pourquoi ne lui avait-il pas plutôt proposé de rentrer directement à l'hôtel ? Quelque chose l'en avait empêché. Même s'il savait depuis le baiser qu'ils avaient échangé la veille et la détermination qu'il avait lue sur son visage rougissant qu'elle était plus que consentante…

Ce « quelque chose », il ne comprenait pas trop ce que c'était. Peut-être la façon surprenante dont elle avait réagi quand il avait déclaré vouloir payer la robe. Ou cette habitude qu'elle avait de se mordiller la lèvre, en l'occurrence en examinant la moto, comme s'il venait de lui proposer de chevaucher un dragon !

— Mais je ne suis encore jamais montée sur une moto, murmura-t-elle en lui jetant un regard inquiet.

Elle paraissait si désorientée qu'il faillit éclater de rire.

— Il n'y a aucun danger et c'est la meilleure façon de visiter Paris quand on approche de l'heure de pointe.

Après avoir enfourché l'engin, il régla l'embrayage, débloqua la béquille et mit le contact. Le rugissement de l'engin fit sursauter Katherine.

Il ne put s'empêcher de sourire. Ils allaient bien s'amuser, et cela faisait très longtemps qu'il ne s'était pas détendu en compagnie d'une femme, ni de personne d'autre d'ailleurs. Sa vie avait été tellement sérieuse et rangée…, mais quelque chose chez Katherine Hamilton – son enthousiasme, son sérieux, sa détermination aussi – lui donnait envie de lui faire plaisir. Et elle apprécierait, il le savait.

Il prit un casque dans le sac de selle et le lança à la jeune femme.

— Mettez ça et montez !

— Mais… la styliste a passé une heure ce matin à me coiffer pour le bal.

Il examina ses cheveux dont les boucles avaient été domptées et artistiquement ordonnées autour de son visage, ce qui mettait en valeur sa peau de pêche, ses pommettes hautes et ses grands yeux verts.

Elle était tentée par l'expérience, mais il faudrait l'encourager : depuis des années, elle avait renoncé à son goût pour l'aventure, il le devinait. Mariée à dix-neuf ans à un homme qui était décédé quelques semaines pus tard, dévastée par le chagrin, elle s'était ensuite entièrement concentrée sur la réussite de son entreprise. Elle ne s'était pas donné le temps de se faire plaisir, exactement comme lui quand il était devenu tuteur de ses sœurs, à dix-huit ans, et avait travaillé sans relâche pour s'imposer.

Cet après-midi leur offrait à tous deux une chance unique de rejeter ce carcan de responsabilités et de s'évader pour quelques heures. Ils se devaient d'en profiter.

— Vous vous ferez recoiffer si c'est nécessaire.

Mais ses cheveux n'étaient qu'un prétexte car elle n'était pas du genre à trop se soucier de son apparence.

Leurs regards se croisèrent et, à la lueur qu'il vit passer dans ses yeux, il sut qu'elle avait pris sa décision. Cette femme était totalement transparente, et il aimait ça. Comme il était facile de lire en elle ! Ni subterfuge, ni désir de dissimuler ses sentiments. Il ne comprenait pas pourquoi cela lui plaisait tant, mais qu'importe. Elle était merveilleusement différente des femmes qu'il fréquentait d'habitude, voilà tout. Une fois son désir satisfait, l'attrait pour la nouveauté disparaîtrait, mais pourquoi ne pas profiter de l'instant présent ? Autrefois, il avait adoré séduire, même si cela faisait bien longtemps qu'il n'en avait plus eu l'occasion.

— Eh bien, alors, allons-y, dit-elle en se coiffant du casque avec un petit rire un peu rauque qui l'émoustilla.

— Parfait. En route, Cendrillon ! Votre chauffeur vous attend.

8.

— Courage, encore quelques marches seulement…

— Je suis essoufflée…

Katie sourit, le cœur gonflé de joie quand Conall lui prit la main pour l'aider à monter l'interminable escalier qui conduisait à la basilique du Sacré-Cœur. De près, ce monument était plus impressionnant encore que d'en bas, au pied des deux cents et quelques marches qu'ils venaient de gravir.

— C'est fabuleux !

— Vous parlez comme une vraie touriste, mais vous n'avez pas encore vu le plus beau, dit-il en la prenant par les épaules pour lui faire faire demi-tour.

Paris s'étendait à leurs pieds comme un tapis semé de merveilles : Montmartre, le refuge des artistes de la Belle Époque, avec son dédale de ruelles, la tour Eiffel, et plus loin encore, la tour Montparnasse. Le ciel était si clair et la lumière de l'après-midi si éclatante qu'on distinguait même la verdure du bois de Vincennes, à l'est de la ville. Des lieux qui étaient évoqués dans les livres ou qu'elle avait vus à la télévision, mais qu'elle n'aurait jamais imaginé contempler dans la vraie vie.

Elle poussa un léger soupir. Conall éclata de rire.

— J'ai donc fini par réussir à vous faire taire !

Elle lui jeta un coup d'œil par-dessus son épaule et son cœur se mit à battre follement. Il était toujours aussi beau, mais il avait l'air si détendu, avec dans les yeux une lueur malicieuse, qu'elle ne put s'empêcher de rire, elle aussi.

— Comment se fait-il que vous connaissiez si bien Paris ? demanda-t-elle un peu plus tard.

Il la contempla un moment et elle crut qu'il allait se dérober à cette question trop indiscrète, comme il l'avait fait à chaque fois. Ils avaient partagé un expresso sur une péniche, à l'ombre de Notre-Dame et fait le tour du cimetière du Père-Lachaise où il lui avait désigné les tombes de Jim Morrison et d'Héloïse et Abélard. Mais répondrait-il à cette interrogation un peu trop personnelle ? Et pourquoi cela lui semblait-il si important qu'il le fasse ?

— J'y ai vécu un an après avoir vendu la ferme de Galway. Deux ans plus tôt, j'avais fondé Rio Corp qui marchait bien. Nous avions obtenu des brevets pour des innovations dans le domaine du matériel agricole, mais je tenais à apprendre le français pour pouvoir installer notre siège à Paris. Cela ne plaisait pas trop à mes sœurs qui avaient quatorze et seize ans à l'époque et n'avaient jamais quitté l'Irlande, ajouta-t-il après un bref silence. Le français n'était pas leur priorité.

— Vous avez emmené vos sœurs ? demanda-t-elle, touchée au cœur.

Elle avait toujours envié les familles qui restent unies en dépit des circonstances, et cela la surprenait qu'à vingt-trois ans à peine il n'ait pas simplement décidé d'envoyer les deux adolescentes en pension pendant qu'il développait son affaire pour s'épargner ce souci supplémentaire.

— Bien sûr, répondit-il, visiblement surpris.

Elle regretta d'avoir posé cette question : après la mort de sa mère, elle aurait fait n'importe quoi pour que son frère s'intéresse à elle, et dans sa pension chic elle s'était sentie horriblement seule. Elle se souvenait de lui avoir téléphoné pour le supplier de l'accueillir pendant les vacances, au lieu de la laisser se morfondre à l'école après le départ des autres enfants. Mais sa réponse était toujours la même : « Je ne suis pas ton père, Katie, et je n'ai pas la fibre paternelle. Crois-moi, tu es bien mieux là où tu es. »

Pourquoi n'avait-elle pas compris à l'époque que le problème ce n'était pas elle, mais lui ? Si Conall O'Riordan pouvait être un père pour ses sœurs, pourquoi pas Ross, surtout pour quelques semaines de vacances seulement ? Elle ne lui demandait pourtant pas grand-chose, mais il avait été incapable de lui apporter le moindre réconfort.

— Sans doute…

Elle sentit qu'il la scrutait, comme pour lire dans ses pensées, deviner ce qu'elle ressentait. Instinctivement, elle tenta de masquer ce douloureux sentiment d'infériorité qui lui donnait l'impression qu'on ne pouvait pas l'aimer.

Sur un point pourtant, Ross avait eu raison : jamais il ne s'était montré un frère vis-à-vis d'elle, au sens où on l'entend couramment. Mais elle venait tout juste de le comprendre.

— Vous aviez déjà tellement à faire, reprit-elle. Vous installer à Paris avec deux jeunes filles n'a pas dû être facile. Surtout si elles n'en avaient pas envie.

— Effectivement, acquiesça-t-il avec un petit rire à la fois désabusé et plein d'affection.

Katie sentit son cœur se serrer. Comme ce devait être agréable de se sentir aimée, en dépit de tout !

Même sa mère avait toujours posé des conditions à une affection qu'elle ne lui manifestait que tant qu'elle ne la gênait pas trop dans son métier d'actrice, et elles avaient déménagé si souvent qu'elle avait fini par s'en accommoder. Elle avait gagné une grande faculté d'adaptation, beaucoup d'optimisme et la volonté de toujours voir le verre à moitié plein. Mais la stabilité lui avait énormément manqué. Non pas celle d'une institution huppée où on lui reprochait son « accent vulgaire », son incapacité à conjuguer correctement les verbes latins et le refus de son frère de l'accueillir en vacances chez lui, même s'il payait régulièrement ses frais de pension.

— Imelda a été plus facile à convaincre que Carmel. Immy a du caractère, mais bouder n'est pas dans sa nature. Elle est trop passionnée. Au contraire, Mel est une rebelle née – intelligente, entêtée et très indépendante. Elle m'a fait payer très cher de l'avoir séparée de ses copains. Elle est solide, ou du moins, elle l'était, ajouta-t-il à voix si basse qu'elle eut du mal à le comprendre.

— Mel, celle qui a eu un bébé ? demanda Katie pour qu'il continue à lui parler de ses sœurs, ce qui semblait le radoucir et lui permettait d'en apprendre un peu plus sur sa vie familiale.

Le regard de Conall se riva au sien et se fit plus dur. Avait-elle commis un impair ?

— Oui, répondit-il sur un ton plus tranchant. Un sale type riche et titré l'a séduite alors qu'elle était vierge et avait dix-neuf ans. Elle s'est retrouvée enceinte, mais il a prétendu que Mac n'était pas son fils. Elle a beaucoup changé, mais elle est restée sur ses positions et a refusé mon aide. Elle ne veut même pas me dire qui est le père.

— Quelle horreur ! Cet homme est un monstre.

— C'est vrai, et pour cette raison, il vaut mieux que Carmel et Mac soient hors de sa portée. C'est une mère formidable, ajouta-t-il d'une voix pleine d'admiration. Mac n'a pas besoin de lui pour vivre.

— D'autant moins qu'il vous a, vous.

À en croire Imelda, Conall était très proche de son neveu.

Elle ravala la pointe d'envie que lui inspiraient les O'Riordan. Elle ne pouvait quand même pas être jalouse d'un petit garçon qui avait été rejeté par son père ! Elle savait ce que cela voulait dire.

— Oui, il m'a, comme vous dites. Jamais je ne laisserai quiconque lui faire de mal, et sûrement pas ce fils de…

Il ravala le mot, mais son regard resta rivé à celui de Katie, et un instant elle eut l'impression que sa colère se reportait sur elle… Mais il détourna la tête.

— Désolé, murmura-t-il, ça me rend malade.

Son ton était réticent, elle prit pourtant ses excuses pour argent comptant : si elle avait appris quelque chose sur Conall O'Riordan durant les dernières vingt-quatre heures, c'était bien que sous son apparente froideur il cachait un tempérament passionné, surtout quand sa famille était en jeu.

— Je comprends, dit-elle en posant la main sur son bras. Moi non plus, mon père n'a jamais voulu me reconnaître.

Jamais elle ne l'avait confié à personne, mais en levant les yeux elle constata que la fureur avait déserté le visage de Conall et comprit qu'elle avait eu raison de se confier.

— C'est dur de savoir qu'il n'a jamais voulu de moi, que je ne l'ai jamais intéressé, que je n'ai été qu'une erreur. Ma mère m'a toujours dit que ça n'avait pas d'importance, que ça ne m'enlevait rien, mais ce n'est pas tout à fait vrai. Quand elle est morte, j'ai été terrorisée à l'idée d'être confiée aux services sociaux parce que j'étais absolument seule au monde. Alors, quand mon frère Ross a pris contact avec moi…

Elle soupira en se rappelant le jour où elle s'était précipitée sur ce grand et bel homme pour le serrer dans ses bras. Il s'était raidi, mais ne l'avait pas repoussée, se contentant de lui tapoter le dos d'un air embarrassé. Il s'était efforcé de se comporter correctement, même s'il n'avait aucune idée de la façon de consoler une enfant éplorée.

Ross aurait pu l'abandonner – et sans doute aurait-il préféré le faire – et elle lui serait toujours reconnaissante de l'avoir prise en charge. Il l'avait nourrie, habillée, il lui avait payé des études dans des pensions hors de prix, puis à l'université, et surtout il n'avait pas hésité à la reconnaître légalement comme sa demi-sœur. Il avait été présent pour elle de la seule façon qu'il connaissait, c'est-à-dire en l'aidant financièrement, même si ce n'était pas dans son caractère. Un caractère qu'il devait sans doute à ce père qui n'avait pas voulu d'elle.

— Ross était tout aussi opposé à mon mariage avec Tom que vous l'êtes à celui d'Imelda, poursuivit-elle, bien décidée à pardonner à son frère ses erreurs, maintenant qu'elle était adulte. Mais quand j'ai eu besoin de lui, il a toujours été là.

Elle sourit d'un air détaché à Conall qui la dévisageait avec une étrange intensité.

— Les enfants ont besoin d'un modèle masculin fort, ajouta-t-elle. Ross n'était pas doué pour le rôle de tuteur, mais il a essayé, et c'est ce qui comptait. Mac, lui, sait que vous l'aimez, alors, vous avez raison, puisqu'il vous a vous, il n'a pas besoin de cet homme.

Donc ce salaud s'était désintéressé d'elle aussi, comme de Carmel, songea Conall en s'efforçant de contrôler sa violente réaction à cette révélation proférée sur un ton si tranquille. La loyauté de Katherine envers un homme qui ne la méritait pas le troublait profondément et renforçait encore son désir de la protéger. Et cela lui posait problème. Elle était beaucoup trop gentille et indulgente envers ce sale type !

Il lui caressa doucement la joue, abandonnant définitivement le reste de rancœur qu'il nourrissait encore à son égard.

— Merci de me le dire, murmura-t-il, ému par la confiance qu'elle avait en lui, si mal placée soit-elle, avant de laisser retomber sa main. Et maintenant où désirez-vous aller ?

— Et vous, où désirez-vous m'emmener ? demanda-t-elle avec un sourire plein d'abandon.

À notre hôtel.

Il balaya cette pensée inopportune et l'onde de désir qui l'accompagnait. Était-ce sa transparence et son honnêteté qui la lui rendaient plus désirable encore ? Le danger résidait là, dans ce sentiment qu'une vraie relation s'était établie entre eux et dans le flot d'émotions qu'elle suscitait en lui. Il ne pouvait les prendre à la légère tant qu'il se sentait incapable de les contrôler.

— Si nous allions manger quelque chose ? Je meurs de faim et je connais une brasserie où l'on sert le meilleur steak-frites de Paris.

— C'est très alléchant, répondit-elle, les yeux brillants de plaisir anticipé et de joie de vivre. Toutes ces marches m'ont donné faim.

Mais sa voix trahissait un désir semblable au sien et il comprit que ce repas serait pour tous deux un véritable supplice.

— La tour Eiffel est bien plus haute que je ne croyais, dit Katie, incapable de refréner la joie qui la saisit quand Conall lui prit la main pour la guider à travers le hall de l'hôtel.

Toutes les têtes se tournaient vers eux, sans doute parce qu'ils étaient trempés par l'averse qu'ils venaient d'essuyer et laissaient des traces d'eau sur le sol de marbre.

— Quel dommage de ne pas y être montés ! La vue doit être magnifique, ajouta-t-elle tandis qu'il appelait l'ascenseur.

— On se serait sûrement noyés ! répondit-il en souriant.

Elle éclata de rire. Elle ne savait pas pourquoi elle l'amusait autant, sans doute parce qu'elle s'était révélée incapable de jouer la fille blasée devant toutes les merveilles qu'il lui avait montrées.

Après avoir quitté le Sacré-Cœur, ils avaient traversé Paris à moto pour déjeuner dans une brasserie proche de la place de la Bastille, ornée de miroirs et décorée de reproductions de Toulouse-Lautrec. Les murs gris de fumée et la nourriture délicieuse lui avaient donné l'impression d'être transportée plus d'un siècle en arrière, au temps où les femmes portaient des robes à frou-frou et les hommes des hauts-de-forme. Ils avaient ensuite traversé le Marais et les Halles pour rejoindre la tour Eiffel, mais au moment où Conall récupérait leurs billets – un milliardaire ne faisait jamais la queue – un orage avait éclaté et, en quelques minutes, ils s'étaient retrouvés trempés. Ils avaient alors enfourché la moto pour regagner leur hôtel et Katie s'était blottie contre ce corps fort et solide qui sentait le pin et le cuir mouillé. Un désir lancinant l'avait tourmentée tout l'après-midi.

Vivrait-elle jamais journée plus merveilleuse ?

Elle n'avait rien appris de plus à son sujet, ni sur son passé. Pendant qu'il lui parlait de ses sœurs, elle avait compris qu'il ne livrait jamais rien de lui, et d'ailleurs il n'avait pas non plus cherché à en apprendre davantage sur elle… Alors, après quelques vaines tentatives, elle avait décidé de renoncer. Mieux valait calmer sa curiosité et vivre le moment présent. Profiter de ce que lui offrait ce week-end sans chercher à voir plus loin.

Conall O'Riordan lui avait offert Paris, et surtout elle avait vu qu'il la regardait, et il lui avait donné le sentiment qu'il lui trouvait quelque chose de particulier. Avec lui, elle se sentait enfin femme, une femme désirée, pour la première fois de sa vie. L'excitation qu'il faisait naître en elle la ramenait enfin à la vie.

Il la poussa dans l'ascenseur, contre la paroi d'acier et la prit par le menton pour essuyer du bout des doigts les gouttes qui ruisselaient sur son visage. Elle frissonna comme chaque fois qu'elle sentait son corps près du sien.

— Vous êtes gelée et complètement trempée, murmura-t-il en consultant sa montre. Le bal commence dans vingt minutes. Combien vous faut-il de temps pour vous préparer ? Aucun problème si je suis un peu en retard.

Elle mit un moment à comprendre.

Mais je ne veux pas aller à ce bal. Je veux passer le reste de la soirée seule avec vous.

Cette idée folle avait surgi en elle, et son désir était si fort qu'elle eut du mal à le maîtriser.

Ne sois pas ridicule !

Ils étaient venus à Paris pour assister ensemble au bal Lumière, un des plus prestigieux événements de la saison. Oui, elle avait envie d'y aller, ne serait-ce que pour la notoriété qu'elle en retirerait sur les réseaux sociaux.

— Peu de temps, finit-elle par répondre, troublée à l'extrême.

Après tout, ils avaient toute la nuit. Inutile de se presser, bien au contraire. Il la guida dans le couloir avant de s'arrêter à la porte de leur suite.

— Très bien. J'ai hâte de vous voir dans cette robe… et aussi de vous l'enlever, murmura-t-il d'une voix rauque.

Une bouffée de désir enflamma Katie tandis qu'il s'éloignait d'elle.

Comment vais-je réussir à profiter de la soirée la plus mémorable de ma vie, sans m'imaginer nue devant Conall ?

9.

Le bal Lumière était bien plus féerique encore qu'elle ne l'avait imaginé.

Dans les salons et les salles de bal de l'hôtel se pressait une foule élégante – robes du soir et smokings superbement coupés. L'atrium de verre situé au cœur du bâtiment abritait une luxueuse salle à manger, digne de son premier propriétaire, le roi Louis XV.

Après un dîner gastronomique, les invités s'étaient rassemblés dans la principale salle de bal, éclairée par des lustres anciens. On y accédait par deux vastes escaliers dont les balustrades de pierre étaient ornées de bouquets d'hiver et de lumières scintillantes. Au premier étage, des valets en livrée emplissaient de champagne millésimé des flûtes de cristal, et proposaient de délicats canapés ainsi que des cocktails aux couleurs éclatantes.

Katie avait l'impression de rêver : chaque détail semblait imaginé pour associer au décor grandiose le niveau de service auquel les prestigieux invités étaient habitués. Elle s'efforça de tout enregistrer pour s'en servir plus tard comme référence, mais son cœur persistait à battre follement dans sa poitrine, non pas parce qu'elle assistait à cet événement, mais parce qu'elle y accompagnait Conall O'Riordan.

Elle s'attendait à ce qu'il profite de l'occasion pour renforcer son réseau, car les invités appartenaient au même monde que lui, bien différent du sien. Mais ces festivités avaient plutôt l'air de l'ennuyer et toute son attention était centrée sur elle. Sans cesse, la phrase qu'il avait prononcée avant de la quitter pour aller s'habiller lui revenait en tête. Chaque fois qu'il posait la main sur sa taille pour la guider à travers la foule, il lui semblait que sa robe rétrécissait. Dès qu'elle s'était assise pour dîner, le bustier qui lui avait semblé si confortable dans le magasin lui avait coupé le souffle. Et tandis qu'elle examinait les mets délicieux qu'on leur servait, elle avait senti le regard de Conall se poser sur ses lèvres, et plus rien ne lui avait fait envie.

Elle se sentait à la fois épuisée et pleine d'énergie, sans voix et intarissable, le corps frémissant d'un désir incontrôlable, incapable de se concentrer sur quoi que ce soit d'autre que lui.

Ils dansèrent ensemble au son de l'orchestre dans la grande salle de bal et, en sentant sa main se poser sur son dos nu, elle rougit si fort qu'elle se félicita que l'éclairage soit tamisé et que nul ne sache que ce contact la faisait frémir jusqu'au cœur de son intimité.

Il l'attira alors à lui pour lui murmurer à l'oreille :

— Si on en restait là ?

Incapable de répondre, elle acquiesça d'un signe de tête. Ils savaient aussi bien l'un que l'autre ce qu'il se passerait une fois qu'ils auraient quitté le bal. Soudain, au désir qui la taraudait vint se mêler une bouffée d'angoisse et d'appréhension.

Aurait-elle dû lui avouer qu'elle n'avait encore jamais fait l'amour ? Avait-il le droit de savoir qu'elle risquait de ne pas être à la hauteur ?

— Vous en êtes sûre ? demanda-t-il.

Il la contemplait, attendant patiemment sa réponse et, peu à peu, son air amusé céda la place à ce regard intense qui l'avait tant déstabilisée lors de leur première rencontre, mais qui, en cet instant, fit courir plus vite encore le sang dans ses veines.

— Je crois qu'ils vont donner un feu d'artifice dans la cour.

Son regard descendit lentement sur son corps, si suggestif qu'elle se sentit parcourue d'un long frisson.

— Si vous préférez assister au feu d'artifice…

— Non, je n'en ai pas envie, chuchota-t-elle d'une voix sourde.

Il se mit à rire avant de s'immobiliser brusquement au beau milieu de la piste de danse. Les autres couples continuaient à tourner autour d'eux, mais elle ne voyait plus que lui, fascinée par l'intensité de son regard. Lentement, il porta les doigts de Katie à ses lèvres en murmurant quelque chose dans une langue qu'elle ne reconnut pas… puis mordilla doucement la chair tendre à la base de son pouce.

Elle sursauta et une onde brûlante la parcourut avant de se concentrer au plus intime de sa personne.

— Alors, filons d'ici. Nous n'avons que trop longtemps attendu, murmura-t-il, les yeux toujours rivés aux siens.

Elle acquiesça de la tête.

Les dix minutes suivantes lui parurent durer une éternité. Il la prit par la main et l'entraîna hors de la piste, éludant les salutations des célébrités de la politique, du cinéma et du sport qu'ils croisaient. Fendant la foule, ils quittèrent la salle pour se diriger vers la partie de l'hôtel qui abritait leur suite.

Il la prit dans ses bras pour la porter dans le grand escalier. De nouveau, elle se sentit comme Cendrillon.

Arrête de rêver, Katie !

Elle tenta de se dire que c'était bien la réalité, sans pouvoir se concentrer sur autre chose que les battements désordonnés de son propre cœur : le moment qu'elle attendait depuis si longtemps était enfin venu.

Conall O'Riordan était-il l'homme qu'il lui fallait ? Elle en savait si peu à son sujet… Malgré tout, elle lui faisait confiance, mais n'avait-elle pas tort ?

Il ouvrit la porte de leur suite d'un coup d'épaule et la déposa, tremblante et haletante, dans le couloir qui menait aux chambres. Puis il la prit par la main un contact qui la rassura – pour l'entraîner jusqu'à la porte de la chambre qu'elle occupait. Prise de vertige, elle sentit son corps se crisper, puis se relâcher.

— Et maintenant, à toi de m'ouvrir la porte, Katherine, dit-il avec dans l'œil une lueur d'amusement et d'excitation mêlés.

Elle fouilla dans son sac pour y chercher la carte-clé, qu'elle inséra d'une main tremblante dans la serrure.

Il ouvrit avant de s'effacer pour la laisser entrer la première, et elle s'immobilisa sur le tapis tandis qu'il refermait la porte sur eux. Au-delà de la terrasse, la Ville lumière semblait un tapis d'étoiles posé sur l'horizon. Mais elle ne voyait que lui.

Il ôta la veste de son smoking et s'approcha d'elle pour lui prendre son sac et le poser sur une chaise. Puis, quand il fit descendre ses bretelles et chercha la fermeture à glissière, sous son bras, le souffle de Katie s'accéléra. Le corsage de la robe s'ouvrit, révélant son bustier de dentelle.

— Que tu es belle ! murmura-t-il en effleurant du doigt son décolleté.

Elle sentit sa peau frémir et les pointes de ses seins durcir à ce contact. Conall plongea alors les doigts dans ses cheveux, les yeux rivés à son visage – un regard brûlant, affamé, exigeant. Elle l'entendit murmurer :

— Ces quatre dernières heures ont été une torture.

Son ton était si désespéré qu'elle en fut bouleversée. Elle posa les paumes sur son torse et sentit ses muscles se tendre sous sa chemise amidonnée. Il prit alors son visage entre ses mains et posa la bouche sur la sienne.

Un baiser farouche, plein de passion, aussi fougueux que celui qu'ils avaient échangé la veille, mais bien plus irrésistible. Elle sentit son corps tout entier s'embraser.

De ses mains qui tremblaient d'anticipation, elle dégagea sa chemise du pantalon, avide de caresser ses muscles puissants et sa peau de soie…

Il détourna la tête pour reprendre son souffle, aussi haletant qu'elle, avant de reculer d'un pas pour enlever sa cravate et déboutonner sa chemise qu'il jeta par terre. Le clair de lune soulignait ses pectoraux et ses biceps impressionnants, qu'elle contempla avidement tandis qu'il ôtait sa ceinture et son pantalon…

Elle cligna des yeux pour tenter de dissiper le vertige qui s'emparait d'elle tandis qu'elle découvrait la preuve évidente de son désir.

— Tout va bien ? demanda-t-il en lui prenant doucement le menton.

— Oui.

— Tu es bien trop habillée, remarqua-t-il en lui adressant un sourire qui dissipa tous ses doutes.

Elle avait envie de le sentir en elle, enfin, de savoir ce que c'était d'être possédée par un homme. Elle avait attendu trop longtemps.

Debout devant elle, en caleçon dans la lumière du jour naissant, il lui parut superbe. Il s'approcha d'elle, la prit par le cou et murmura tout contre ses lèvres :

— À ton tour, maintenant.

Tandis qu'elle s'efforçait maladroitement de s'extraire de sa robe, il ne cessait de la couvrir de baisers, sur le nez, le menton et le cou, le frottement de sa barbe naissante éveillant sa peau au plaisir.

— Veux-tu que je t'aide, Katherine ? demanda-t-il sur un ton gentiment amusé qui suffit à dissiper sa gêne.

Comme elle acquiesçait, la gorge serrée par l'émotion, il fit glisser la robe sur ses épaules.

— Enlève tes chaussures, *mo mhuirnin.*

— Qu'est-ce que ça signifie ?

— Que veux-tu dire ?

— *Mu-voor-neen...*, répondit-elle en s'efforçant de prononcer correctement ce mot étrange.

Il fronça les sourcils en pâlissant.

— J'ai dit ça, moi ?

— Oui.

— Ce n'est rien, une bêtise en irlandais, dit-il en la faisant pivoter pour dégrafer son bustier.

Elle croisa les bras sur sa poitrine, consciente que la dentelle ne dissimulait plus les pointes de ses seins durcies et saillantes, et baissa la tête pour cacher son embarras. Jamais elle ne s'était déshabillée devant un homme.

— Dès que je t'ai vue dans cette robe, je n'ai plus eu qu'une idée en tête : voir ce qu'elle dissimulait.

Cette petite plaisanterie suffit à la détendre. Elle lui sourit et écarta les bras pour laisser le bustier glisser à terre. Il la débarrassa de la seule pièce de lingerie qui lui restait avant de lui montrer leur reflet dans la porte vitrée de la terrasse. Elle sentit son érection durcir encore contre ses fesses pendant qu'il lui agaçait les bouts des seins et butinait son cou.

Elle s'arqua en gémissant, les sens en émoi, quand elle sentit sa main se poser sur la chair tendre et humide, entre ses cuisses.

Lorsqu'il caressa son bouton sensible de ses doigts habiles, elle crut qu'elle allait défaillir.

— Oh oui..., balbutia-t-elle.

Soudain, son pouce se posa à l'endroit même où la chaleur pulsait, et l'orgasme se répandit dans tout son corps en flots de plaisir si intenses qu'elle se mit à trembler et sentit ses genoux vaciller. Lorsque la dernière vague fut apaisée, il la souleva dans ses bras et la déposa sur un canapé. Puis il ôta son caleçon, révélant son sexe fièrement dressé.

En le voyant sortir d'une poche de son pantalon un préservatif qu'il enfila prestement, elle fut émue qu'il songe à la protéger alors qu'elle-même n'y avait pas pensé, étourdie par ses sensations et par l'urgence de son désir. Maintenant, elle n'avait plus ni peur ni doute. Son excitation renaissait, plus forte au creux de son ventre.

Impatient, il la prit par les hanches et la fit basculer sur lui. Lorsqu'elle se laissa doucement glisser sur son érection, elle était prête à l'accueillir et ne ressentit aucune douleur, mais plutôt une sensation de plénitude apaisante.

— C'est la première fois… ?

Il avait l'air si surpris qu'elle faillit mentir, mais elle lui faisait une confiance absolue, et elle lui devait la vérité.

— Oui, acquiesça-t-elle.

— Tu n'as pas mal ? s'enquit-il.

— Mais non, pas du tout.

Lentement, avec mille précautions, malgré son excitation grandissante, il commença à bouger en elle. Mais comme la veille, quand il l'avait embrassée, il sentit qu'il perdait le contrôle et ne parvenait plus à se maîtriser. Alors, il s'enfonça plus profondément en elle, jusqu'à ce que leurs deux corps enlacés n'en forment plus qu'un. Il tenta de retarder l'orgasme qu'il sentait approcher, plus puissant que jamais, et caressa le point sensible de Katherine dans l'espoir de la faire jouir la première. Soudain, il la sentit s'abandonner, lâcher prise, dans une explosion de plaisir où il la rejoignit très vite en criant son nom.

Katie était étendue sur le canapé, comblée, le corps détendu et l'esprit envahi de pensées vagues. La tête de Conall reposait sur son épaule, et elle sentait encore en elle son érection, toujours aussi ferme. Leurs souffles résonnaient dans le silence. Petit à petit, elle réussit à revenir à la réalité, mais son cœur battait toujours très fort. Elle caressa la joue de Conall et, d'un geste tendre, écarta une mèche de son front en tentant de résister à la vague d'émotion qui lui gonflait la poitrine.

Appuyé sur un coude, il chercha des yeux son visage. Il avait l'air songeur et elle se demanda pourquoi… Comme elle ne l'avait pas averti qu'elle était vierge, elle aurait compris qu'il ait eu l'air surpris ou agacé, mais elle n'avait compris son erreur que quand il lui avait posé la question, alors qu'il l'avait déjà pénétrée…

Maintenant, en revanche, il avait plutôt l'air… résigné. Regrettait-il déjà ce qui s'était passé ? se demanda-t-elle anxieusement. Mais avant qu'elle ait pu dire quoi que ce soit, il s'écarta d'elle et s'assit.

— Conall, je suis désolée…, commença-t-elle, confuse.

Était-ce donc si important ? Après tout, sa virginité ne regardait qu'elle et elle n'avait pas cherché à le tromper. Alors pourquoi s'en serait-il formalisé ? Sans doute serait-ce plus marquant pour elle qu'elle ne s'y attendait, car elle n'espérait pas que cette première expérience se révèle aussi bouleversante, que la passion et le plaisir partagés soient si intenses, si intimes… Évidemment, pour lui, il en allait tout autrement, il avait déjà eu tant d'aventures !

— Désolée de quoi ?

— De ne pas t'avoir averti que j'étais…, chuchota-t-elle. Enfin, que tu étais le premier. Je ne pensais pas que tu y accorderais tant d'importance.

Il se leva pour ramasser et enfiler son caleçon avant de sortir de la pièce sans lui répondre ni même la regarder. Quelques instants après, en proie à une bouffée d'angoisse, elle entendit des bruits d'eau provenant de la salle de bains contiguë.

Était-il en colère ? Pourquoi ?

Il finit par réapparaître, drapé dans une robe de chambre en éponge de l'hôtel et en tendit une autre à Katie.

— Tu ferais mieux de passer cela. Il faut que nous parlions.

Elle s'enveloppa dans le peignoir, heureuse de pouvoir se couvrir, même si les caresses et les baisers de Conall avaient, en certains endroits, irrité sa peau délicate. Pourtant, elle avait de nouveau follement envie de lui.

Faire l'amour avec Conall l'aurait-il rendue insatiable ?

Cette idée idiote lui permit de se détendre un peu tandis qu'il s'asseyait à côté d'elle, sur le canapé. Il n'avait pas vraiment l'air contrarié, mais le regard qu'il lui jeta la mit mal à l'aise parce qu'il semblait plonger jusqu'au fond de son âme et qu'il était impossible de lui échapper.

— Si tu as été mariée, comment se fait-il que tu sois restée vierge ?

Cette question la déstabilisa car, pour la première fois depuis le début de cette histoire, elle repensa à Tom, et au-delà de son chagrin habituel elle éprouva la morsure cruelle de la culpabilité.

Elle n'avait pourtant aucune raison de se sentir coupable, et jamais elle n'aurait franchi le pas sans être certaine qu'elle y était prête. Elle n'avait pas trahi son mari, puisqu'ils n'avaient jamais eu ce genre de relation. Mais en révélant la vérité à Conall il lui semblait altérer l'amitié qui l'avait unie à Tom. Elle tenta donc de lui dire le mensonge qu'elle se répétait depuis des années :

— Quand nous nous sommes mariés, il était très malade et il ne pouvait pas…

Elle n'alla pas plus loin, désarçonnée par le regard qu'il lui jeta.

— Ce n'était pas ce genre de… mariage.

Elle s'arrêta brusquement car il lui avait pris le menton et la dévisageait de son regard scrutateur.

— Ce n'était pas ce genre de mariage *ou bien* il n'était plus capable ? Il faut choisir ! dit-il d'un ton calme mais ferme.

Elle détourna la tête, mortifiée. Elle avait menti à Tom et elle s'était menti à elle-même. Leur mariage était un mensonge, il était temps qu'elle le reconnaisse. Elle reprit sa respiration avant de parler.

— Les deux, je suppose.

Il posa une main sur les siennes.

— Explique-toi. Pourquoi as-tu épousé ce garçon si tu ne voulais pas coucher avec lui ?

— Parce que c'était mon meilleur ami et qu'il allait mourir ! Il n'avait personne d'autre que moi, pas de famille. Et je ne voulais pas qu'il reste seul.

Elle fondit en larmes et s'essuya les yeux avec la manche de son peignoir.

Moi non plus, je ne voulais pas rester seule... Pour la première fois, elle comprenait clairement la vraie raison de son acte.

— Alors, tu l'as épousé parce que tu avais pitié de lui ?

Énoncée ainsi, la vérité paraissait si dure, si puérile, si folle que dans son cœur la honte étouffa la culpabilité.

Ross lui avait dit exactement la même chose bien des années plus tôt, et elle s'était emportée contre lui, furieuse qu'il réduise ses sentiments pour Tom à une explication aussi banale. Elle avait donc réussi à se convaincre que Ross était lui-même incapable d'aimer et qu'il ne pouvait pas reconnaître l'amour chez les autres. Elle lui avait crié qu'il se trompait, qu'il ne pouvait pas comprendre ce qu'elle éprouvait pour Tom. Mais aujourd'hui elle reconnaissait enfin qu'elle ne ressentait pas pour Tom le genre de sentiments qui auraient dû la pousser à se marier, loin de là.

Et elle n'était plus aussi convaincue qu'elle avait agi pour le bien de Tom. Elle avait voulu le réconforter, lui donner une raison de vivre, mais elle était bien décidée aussi à prouver à son frère qu'il se trompait, et à agir contre sa volonté. Tom s'était retrouvé pris dans ce malentendu, et elle ne lui avait finalement offert qu'un faux espoir et un faux mariage qui l'avait aidée à surmonter plus facilement la mort de son meilleur ami.

— Je me suis dit qu'en l'épousant je pourrais améliorer

la situation : même si je ne pouvais pas lui rendre la santé, je lui apporterais un peu de bonheur.

Elle émit un petit rire sans joie au souvenir de ce que Tom lui avait dit pendant leur nuit de noces. Il s'était senti coupable de ne pas pouvoir être vraiment son mari et avait affirmé l'avoir toujours su.

— J'étais si jeune ! Je n'avais pas la tête sur les épaules.

— Ne te fais pas de reproches. On ne peut pas revenir sur le passé.

— Tu as raison.

— Et de toute façon, mieux vaut ne pas fonder un mariage sur l'amour, cette fadaise ! Maintenant, au moins, tu le sais, et ça rend notre situation beaucoup plus facile à gérer.

Elle se tourna vers lui, choquée par ce constat formulé de façon trop prosaïque. Et tout aussi choquée par l'expression farouche de son visage.

— Je ne vois pas en quoi mon mariage avec Tom nous concerne.

D'ailleurs existait-il vraiment un « nous » ? Elle ne put empêcher son cœur de battre à cette pensée… Quelle horreur ! Non seulement elle était insatiable, mais elle ne pouvait s'empêcher de fantasmer.

— Rien à voir, tu as raison. Sauf que je crois que maintenant tu peux m'épouser.

10.

— Pardon ?

Katherine regarda Conall comme s'il venait de lui proposer de sauter avec lui du haut du balcon.

Il s'était attendu à ce qu'elle soit surprise, et même à ce qu'elle s'indigne. Après tout, ils se connaissaient à peine. Mais il était stupéfait de la voir à ce point bouleversée.

Tout en tentant de recouvrer son calme, dans la salle de bains, il avait bien réfléchi. Après cet orgasme tumultueux et la perturbante découverte de sa virginité et des risques qu'il lui avait fait courir, il n'y avait pas de meilleure solution. C'était le seul moyen d'honorer la promesse faite à son père sur son lit de mort de ne jamais abuser de l'innocence d'une femme. Il lui avait aussi juré de protéger ses sœurs et sa mère, mais en quoi Katherine était-elle différente de celles-ci ? Elle aussi, elle avait été délaissée par le monstre – son demi-frère Ross – qui avait aussi abandonné Carmel.

D'ailleurs, ce mariage lui procurerait un autre bénéfice, celui de stabiliser sa vie personnelle. Il y pensait depuis que Christy lui avait mis cette idée en tête – il n'avait toutefois jamais cédé car elle n'était pas la bonne personne.

Contrairement à Christy, Katherine était une grande romantique, et après l'avoir interrogée sur son mariage il avait été convaincu qu'elle pourrait être celle qu'il attendait. Après tout, elle s'était déjà mariée à un homme qu'elle n'aimait pas. Elle avait beau être innocente en matière de sexe et plutôt sentimentale, elle comprendrait qu'un mariage puisse être un simple arrangement pratique. Ils semblaient partager une alchimie qui ne tarderait pas à s'estomper mais qui n'en constituerait pas moins, le temps qu'elle durerait, une base solide pour leur union. Et puis, elle l'amusait. Cet après-midi, ils avaient pris du bon temps ensemble et il avait apprécié sa vivacité d'esprit et son optimisme, ce qui n'était pas rien.

Pour tout dire, jamais il ne s'était attendu à entretenir une relation passionnée avec aucune de ses maîtresses. Il n'y tenait pas, d'ailleurs, car il savait à quoi peut mener ce genre d'adoration. Très peu pour lui. Il n'avait jamais non plus envisagé d'entretenir une relation amicale avec une femme.

Jusque-là, il n'avait pas sérieusement envisagé de se marier, malgré tout ce que cela aurait pu lui apporter du point de vue professionnel et personnel. Cette seule idée le faisait mourir d'ennui. Mais il ne se lasserait jamais de Katherine, il en était certain, contrairement aux autres femmes qu'il avait fréquentées.

— Tu plaisantes ? dit-elle en le contemplant comme s'il avait perdu la tête.

— Pas du tout. Katherine, je t'ai pris ton innocence, répondit-il d'une voix sourde, et pour moi, c'est quelque chose de très grave.

Il serra dans la sienne la main tremblante de la jeune femme, convaincu qu'il devait l'épouser. Sinon, en quoi son comportement aurait-il différé de celui de Ross De Courtney envers sa sœur Carmel ? Sa sœur avait été séduite et abandonnée par le demi-frère de Katherine. La seule différence était que lui avait cherché à éviter toute grossesse

— Quand j'avais seize ans, j'ai juré à mon père, sur son lit de mort, de toujours protéger les femmes. J'ai échoué en ce qui concerne ma sœur Carmel.

Et ma mère.

Il s'arrêta pour tenter de chasser cette pensée et l'émotion qu'elle suscitait en lui. Katherine n'avait pas besoin de savoir qu'il avait manqué à cette parole, pour *toutes* les femmes de sa vie.

— Je ne veux pas qu'il en aille de même avec toi.

— Concernant ta sœur, en quoi as-tu échoué ? s'enquit-elle avec tant d'inquiétude dans le regard qu'il ne put s'empêcher de lui presser la main.

Comment pouvait-elle être encore si innocente et si compatissante après tout ce qu'elle avait déjà enduré dans la vie ?

— Je te l'ai déjà dit. À dix-neuf ans, elle s'est retrouvée enceinte. Je ne veux pas ressembler à l'homme qui l'a séduite. Tu comprends ?

— Mais, Conall, protesta-t-elle en ôtant sa main de la sienne, je n'ai pas dix-neuf ans mais vingt-quatre ! Et tu ne m'as pas séduite. J'avais envie de faire l'amour avec toi. Très envie, même. Et puis, tu t'es protégé, non ?

— Le préservatif s'est déchiré.

— Oh ! s'exclama-t-elle en pâlissant. En fait, je crois que le risque n'est pas grand : je suis au tout début de mon cycle, ajouta-t-elle en rougissant, ce qui fit ressortir ses taches de rousseur.

Étrangement, il se sentit heureux d'être le premier homme avec qui elle ait une conversation aussi intime. Il ne se serait jamais attendu à réagir de cette façon, mais il décida d'assumer. Après tout, avec cette femme, tout était différent, et curieusement – pour un homme qui détestait l'inattendu – cela le fascinait.

— Je peux prendre la pilule du lendemain.

— Si tu le souhaites. Mais est-ce le cas ?

Pourtant, elle avait raison, et pour tout dire, si le même accident s'était produit avec une autre de ses petites amies, il aurait réagi très différemment. Mais cette fois il n'éprouvait aucune panique et ne se sentait pas piégé. Au contraire, la possibilité d'une grossesse lui était apparue comme envisageable et même… providentielle. Mieux encore, il se surprenait à imaginer leur futur enfant : concentré et dynamique, comme lui ; optimiste et plein de compassion, comme elle.

Il adorait Cormac, le fils de Mel, et dans sa vie, la famille tenait une place prépondérante. C'était le roc sur lequel il avait bâti son empire, car, après la mort de sa mère, jamais il n'avait cherché à fuir ses responsabilités familiales et jamais il ne l'avait regretté.

C'était pour cette raison qu'il avait travaillé aussi dur à amasser une fortune. Jusque-là, il avait toujours esquivé l'inévitable question : souhaitait-il avoir des enfants ? Quand ? Mais tandis qu'il songeait à l'incident qui venait de se produire avec le préservatif, il s'était senti envahi par un calme étrange à la pensée qu'il n'avait peut-être déjà plus le choix.

Il avait toujours cru au destin : après tout, il n'était pas irlandais pour rien. Et si le destin voulait qu'ils aient un enfant, pourquoi pas ?

— Tu ne préfères pas que j'utilise la pilule du lendemain ? demanda-t-elle.

Il prit son visage entre ses mains, envahi d'un besoin soudain de la toucher, de rendre ce moment plus réel.

— À toi de voir, Katherine… Mais pour tout t'avouer, je suis prêt à accepter… tout ce que le destin placera sur notre route.

— Vraiment ? Tu n'es pas contrarié ? Alors qu'on vient juste de se rencontrer et qu'on se connaît à peine ?

— Non, je ne suis pas contrarié, déclara-t-il, surpris lui-même d'en être aussi certain. Pour moi, la famille compte plus que tout, et je suis sûr que je ferai un bon père. Après tout, j'en ai déjà l'expérience.

Peut-être avait-il commis des erreurs et n'avait-il pas été à la hauteur pour sa mère et Carmel, et il le regretterait toute sa vie, mais il y avait tellement de façons de se racheter !

— Je ne sais que te répondre, dit-elle avec cette franchise qu'il admirait tant.

— Je reconnais que je t'ai donné matière à réflexion, dit-il en souriant d'un air perplexe, mais tu n'as pas à prendre ta décision dès aujourd'hui. Tu as du temps. Demain, je dois partir de bonne heure en voyage d'affaires en Australie. Contacte Liam quand tu seras prête à rentrer à Londres et il fera tous les arrangements nécessaires.

Il se leva et l'attira à lui en s'efforçant d'ignorer sa respiration un peu hachée, l'éclat de sa gorge et son désir de lui enlever son peignoir et de l'entraîner vers le lit. Quand il serait de retour, il aurait tout le temps de le faire.

— Alors, je ne te verrai pas demain matin ? s'enquit-elle, visiblement déçue.

— Non.

Il se pencha et lui effleura le front de ses lèvres plutôt que de les poser sur sa bouche. Elle frémit et un éclair de désir brilla dans ses yeux, ce qui suffit à le mettre dans tous ses états. Il réussit à l'ignorer et ramassa ses vêtements éparpillés sur le sol.

— Il te reste une semaine avant mon retour, dit-il, car il savait qu'il serait incapable de rester plus longtemps loin d'elle. Ça te donne le temps de te remettre et de réfléchir à ma proposition.

Il avait l'impression de la harceler, mais à quoi bon attendre ? songea-t-il en quittant la suite. Après tout, il était un décideur habitué à aller droit au but et à réussir. Une fois qu'il avait un projet en tête, il parvenait toujours à ses fins. Et aujourd'hui, ce projet s'appelait Katherine Hamilton.

Il ne lui restait donc plus qu'à la convaincre d'accepter leur union. Peut-être ne pouvait-il pas lui offrir la romance dont elle rêvait tant, mais il compenserait par d'autres avantages : un compagnonnage, une amitié, la sécurité financière et bien sûr le plaisir d'explorer l'extraordinaire alchimie sexuelle qui les unissait. Il ne regrettait même plus qu'elle soit la sœur de Ross De Courtney : il faudrait seulement qu'il la mette au courant des liens qui unissaient son frère à Carmel et à Mac. Et elle ne devait rien à ce salaud qui l'avait abandonnée.

11.

— Katie ! Mon Dieu ! Tu étais superbe, hier. Ce matin, il y a des photos de toi et de ton milliardaire irlandais partout. Pourquoi ne m'as-tu pas dit que tu allais au bal Lumière ? Et que tu sortais avec O'Riordan ? Il est comment, en privé ? Aussi beau et ténébreux qu'on le dit ?

— Salut, Caro, coupa Katie en rougissant, interrompant Caroline Meyer, sa meilleure amie et assistante de direction. Et ici, à Londres, tout s'est bien passé ?

Au même moment, la sonnerie du téléphone retentit dans le minuscule bureau de l'est de Londres, et Caro, qui occupait aussi la fonction de réceptionniste, s'empressa de décrocher.

— Bonjour. Hamilton Events, Caro à l'appareil. Un instant, s'il vous plaît, dit-elle en posant la main sur le récepteur avant de se tourner vers Katie. Tu plaisantes ? Depuis que je suis arrivée ici, il y a deux heures, le téléphone n'arrête pas de sonner !

Son visage rayonnait de curiosité et d'excitation.

— Excusez-moi, reprit-elle à l'adresse de son lointain interlocuteur, je suis occupée. Je vous rappelle dans quelques minutes.

Caro se tourna de nouveau vers Katie.

— La compagnie O'Riordan a annoncé aujourd'hui sur les réseaux sociaux que Hamilton Events organisait un événement familial top secret pour son P-DG. Et a aussi divulgué les circonstances de votre rencontre. Dans l'organisation d'événements haut de gamme, nous sommes devenus incontournables. Tout le beau monde nous réclame. Un vrai conte de fées. Et sur les photos, la façon dont vous vous regardez, tous les deux ! C'est trop romantique ! Le coup de foudre existe donc vraiment et…

Sauf qu'il ne m'aime pas.

— Bonjour, coupa Katie pour s'adresser à l'homme qui venait d'entrer dans le bureau, derrière elle. Caro, je te présente Jack Mulder, mon nouveau… euh…

Elle hésita. Sa vie avait tellement changé en un week-end.

— Garde du corps et chauffeur, madame Hamilton, intervint Mulder avec un large sourire.

— C'est cela.

— Tu as un garde du corps, maintenant ?

Caro paraissait aussi surprise que Katie l'avait été quand on lui avait présenté Jack Mulder après l'atterrissage du jet privé de Conall à Heathrow. Après avoir déposé ses bagages chez elle, elle avait très envie de revenir à une certaine forme de normalité. Mais la présence de Jack Mulder l'en empêchait et, depuis que Conall l'avait demandée en mariage en prétendant qu'il ne serait pas gêné par une grossesse inattendue, elle se sentait en pleine tourmente !

Mieux valait sans doute qu'elle ne l'ait pas croisé ce matin : après une nuit sans sommeil à l'Hôtel Lumière, elle avait reçu un texto qui l'avait perturbée :

> En transit et réunion pour quelques jours. Je t'appelle chez toi vendredi soir à 20 heures, heure anglaise. Liam fait le nécessaire pour ta sécurité et tu peux me joindre si tu en as besoin par son intermédiaire. Conall

Maintenant, elle comprenait mieux ce qu'il avait voulu dire : Liam l'avait informée qu'elle n'était pas en sécurité dans les transports publics et que son patron avait insisté pour que des mesures soient mises en place pour assurer sa sauvegarde.

Lorsqu'on lui avait présenté Mulder, elle avait failli protester – sa sécurité ne relevait pas de la responsabilité de Conall –, même si elle avait été touchée qu'il s'en soit préoccupé.

Une fois déjà, elle s'était mariée pour de mauvaises raisons. Elle ne devait pas retomber dans le même piège et penser que Conall l'aimait, alors qu'il était lui-même habité par le complexe du « chevalier blanc ».

Curieusement, alors qu'elle aurait dû être heureuse que sa romance avec Conall procure à son entreprise le développement qu'elle espérait et planifiait depuis des mois, elle ne ressentait rien de tout cela. En réalité, cela l'avait plutôt accablée : pas plus que lors de son premier mariage la romance n'était à l'ordre du jour.

Leur étreinte avait eu beau être fabuleuse – un peu trop, peut-être –, elle aurait dû refuser d'emblée la proposition de Conall. Au lieu de quoi, elle lui avait donné l'impression qu'il pourrait la convaincre et qu'elle était prête à se montrer aussi pragmatique et cynique que lui. Mais c'était impossible et elle le savait bien : ce qu'elle éprouvait à son égard lui faisait peur, et elle ne savait pas trop comment se comporter.

Ces sentiments la troublaient bien plus encore que les deux orgasmes qu'elle avait ressentis en faisant l'amour pour la première fois, ou la certitude qu'elle comptait assez à ses yeux pour qu'il lui offre un chauffeur-garde du corps… Sans parler de la passion farouche dans sa voix dès qu'il évoquait ses sœurs, sa famille ou l'éventualité de se marier et d'avoir des enfants.

Elle aussi, elle avait toujours rêvé d'être mère et d'avoir une famille qu'elle puisse aimer sans condition et qui l'aime tout autant en retour. Elle avait alors décidé de ne pas prendre la pilule du lendemain, même si c'eût été plus raisonnable.

Pour tout avouer, ce qui l'effrayait le plus, ce n'était pas la perspective – très incertaine d'ailleurs – de se retrouver enceinte d'un homme qu'elle connaissait à peine. C'était que Conall lui ait proposé de l'épouser et de vivre avec lui sur un ton aussi détaché et dépourvu de tout romantisme, et que son cœur à elle, dans sa folie, ait spontanément crié « oui ». Non pas parce qu'il était milliardaire et susceptible de transformer sa petite affaire en une entreprise florissante. Ni parce qu'il était l'amant le plus sexy – et d'ailleurs le seul – qu'elle ait jamais eu, et était beau comme un dieu, terriblement attirant et charismatique ; ni non plus parce qu'il ferait un bien meilleur père que le sien mais parce que, durant ce week-end tumultueux, elle avait commis l'acte le plus stupide de son existence : elle était tombée amoureuse d'un homme incapable – elle le savait – de l'aimer en retour.

Le pire étant, elle en avait bien peur, qu'elle avait déjà commencé à croire que leur mariage pourrait réussir... Si elle lui en offrait la possibilité, peut-être Conall pourrait-il apprendre à l'aimer, et elle avait passionnément envie de lui donner – et de se donner – cette chance. Même si son optimisme béat – la certitude que l'amour triomphait de tout – l'avait déjà anéantie par le passé.

Rien ne lui prouvait que cette fois encore elle n'en sortirait pas complètement dévastée.

12.

— Conall ! Tu as appelé !

Le cœur de Katie se mit à battre follement lorsqu'elle découvrit le visage de son amant sur l'écran de son téléphone à 20 heures, le vendredi soir.

Comment avait-elle pu imaginer qu'il n'appellerait pas ? Et de quoi allait-il parler ? Même après cinq jours de séparation, elle n'avait toujours pas trouvé de réponse cohérente à sa question.

Elle était arrivée chez elle une heure plus tôt après avoir travaillé d'arrache-pied toute la semaine à gérer le flux sans fin des nouveaux clients, ce qui avait heureusement fait écran au flot de souvenirs de la parenthèse enchantée à Paris. Même si les nombreux messages de ses relations et de ses amis concernant le nouvel homme de sa vie le lui rappelaient sans cesse.

Plus l'heure de l'appel approchait, plus elle avait senti monter en elle une excitation mêlée de panique et d'épuisement. En prenant sa douche, elle s'était aussi longuement interrogée sur ce qu'elle devait porter. Elle s'était d'abord maquillée avant de tout enlever, puis d'enfiler un pyjama de flanelle et des pantoufles en forme de lapin.

Une vraie tenue de séductrice, n'est-ce pas ?

— Bien sûr que je t'ai appelée, répondit-il, et elle se souvint que Conall était un homme de parole.

— Où es-tu ?

— Regarde, répondit-il en promenant son téléphone à la ronde. Un pied-à-terre très banal sur la Gold Coast, mais quand on se bat contre le décalage horaire, ça vaut toujours mieux que l'hôtel.

Sur son écran, elle découvrit une cuisine de granit et d'acier ouverte sur un salon luxueux. L'immense baie vitrée laissait entrevoir une vaste piscine et une plage de sable doré bordée de palmiers. Sous le soleil d'été, la mer, d'une transparence cristalline, étincelait.

Puis le visage de Conall emplit de nouveau l'écran.

— Superbe !

— La prochaine fois, viens avec moi, je t'apprendrai à surfer.

— Et si je savais déjà surfer ? répliqua-t-elle, surprise elle-même d'avoir osé le taquiner, ce qui le fit éclater de rire. Quelle heure est-il, là-bas ?

— Bien trop tôt, répondit-il en bâillant. Liam m'a dit que tu avais été très occupée.

— C'est vrai.

Elle commença à lui énumérer tous les nouveaux clients qui l'avaient sollicitée. Les mots se bousculaient dans sa bouche, mais elle éprouvait le besoin de parler de futilités. Toutefois, en voyant son regard s'assombrir, elle ralentit le débit.

— Que se passe-t-il ? s'enquit-elle car, même de l'autre côté de la terre, elle était capable de remarquer son excitation.

Au creux du ventre, elle éprouva une pulsation tout aussi intense que celle qu'elle avait ressentie cinq nuits plus tôt et chaque nuit depuis – quand elle se réveillait, brûlante, en nage, avec en mémoire le souvenir encore vivant de leur première étreinte.

— Comment es-tu habillée ? demanda-t-il d'une voix plus rauque.

Elle se mordilla la lèvre, regrettant de ne pas avoir choisi le string et le déshabillé transparent qu'elle avait eu envie d'acheter en prévision de leurs retrouvailles.

— Mon pyjama, finit-elle par avouer, penaude.

— Montre-moi ça, dit-il d'une voix plus basse encore, sans lui reprocher de ne pas avoir revêtu une tenue plus appropriée à un appel vidéo tardif.

— Il n'a rien de particulièrement sexy.

— Je préfère en juger par moi-même.

— Tu vois ce que je veux dire ? dit-elle en brandissant le téléphone pour lui fournir une vision complète du désastre.

— Je trouve ces petits cochons roses assez excitants, avec leurs ailes dorées.

Sa voix amusée mais pourtant intense résonna dans tout le corps de Katie.

— Vraiment ?

Il éclata de rire – un rire incroyablement sexy.

— Katherine, ça te dirait de perdre aussi ta virginité téléphonique avec moi ?

— Oui, souffla-t-elle, incapable de résister à sa voix si impérieuse et si chaude et à la lueur coquine de son regard.

— Tu en es certaine ? Parce que tu vas devoir faire exactement ce que je te dirai. Pas d'hésitation ?

— Je… Je peux le faire.

Entre ses cuisses, elle sentait sourdre un flot brûlant.

— Très bien… Trouve un endroit où poser le téléphone pour que je puisse te voir tout entière. Il faut que tu aies les deux mains libres.

Elle s'exécuta avant de s'allonger sur le sofa, toujours vêtue de son pyjama de flanelle dont le coton lui semblait soudain aussi rugueux maintenant que du papier de verre.

— J'ai beau adorer les petits cochons, il va falloir que tu les abandonnes. Ôte d'abord ton pantalon, murmura-t-il.

Elle obéit et se retrouva seulement vêtue de sa culotte et de son haut de pyjama. Se rendait-il compte qu'elle était excitée au plus haut point ? Savait-il l'effet qu'il lui faisait ?

— Et maintenant, déboutonne ton haut, *mo mhuirnin*, murmura-t-il en utilisant les mots irlandais qu'il avait déjà prononcés, dans un élan de passion. Lentement, ajouta-t-il en la voyant ouvrir deux boutons.

Elle s'efforça de ralentir, mais le poids de son regard était une pure torture et elle finit de déboutonner son haut, le souffle court.

— Montre-moi tes seins, dit-il d'une voix impérieuse.

Elle écarta les pans de son haut pour découvrir les pointes de ses seins dressées de désir sous son regard dominateur. Par la fenêtre entrouverte, une brise légère fit frémir sa chair embrasée. Il poussa un léger gémissement, passionné et approbateur.

— Ils sont très sensibles…

— Tu ne peux pas savoir à quel point.

De nouveau, il émit un petit rire.

— Joue avec pour moi, ordonna-t-il.

Elle fit rouler ses tétons entre ses doigts, les caressant et les pinçotant, consciente du regard sombre fixé sur elle. Elle sentait palpiter son sexe brûlant. Elle était si avide de ses caresses qu'elle commença à s'agiter sur le canapé, dardant vers lui ses seins pour les offrir à son regard. Seules ses paroles d'encouragement et ses demandes la rattachaient encore au monde réel et elle pouvait presque sentir ses lèvres douces sur ses seins gonflés.

— Enlève ton slip. Tout de suite.

Après avoir bataillé avec ses sous-vêtements, elle se retrouva nue et offerte, le corps palpitant de désir.

— Et maintenant, caresse-toi là où tu aurais le plus envie que je te touche.

Sa voix lui parvint dans un brouillard de sensations et de désir inassouvi. Elle glissa les doigts au cœur de sa féminité et trouva son bouton sensible…

Le dos arqué, elle exécuta ses ordres, telle une marionnette, haletante, se caressant doucement avant de se concentrer sur le point crucial de son plaisir. L'orgasme semblait à la fois tout proche et hors d'atteinte, une torture qui ne faisait que croître. En l'entendant gémir, elle comprit qu'il se donnait lui aussi du plaisir en la regardant, en lui dictant ses actes. Et la pensée qu'elle pouvait le dominer elle aussi lui procura un étrange sentiment de puissance.

— Et maintenant, laisse-toi aller…

Cet ordre suffit à déclencher en elle un orgasme qui souleva tout son corps, une vague de plaisir âpre et presque douloureux, à la fois trop puissant et pas assez…

Elle se retrouva allongée sur le canapé, comblée et frissonnante. Son cœur galopant finit par s'apaiser, tandis que son corps demeurait extrêmement sensible. Elle l'entendit alors jurer à mi-voix et leva les yeux, incapable de rassembler suffisamment d'énergie pour couvrir sa nudité. Elle rougit pourtant de sentir son regard glisser sur elle. Il était tout aussi stupéfait qu'elle.

— C'est la meilleure expérience de sexe au téléphone que j'aie jamais connue ! Quel tempérament !

Elle sourit. Dans ce domaine, au moins, ils étaient sur un pied d'égalité.

— Tu devrais aller te coucher, dit-il d'un ton moins impérieux, radouci, qui procura à Katie plus de plaisir encore que l'expérience de sexe virtuel qu'elle venait de vivre.

13.

— Où allons-nous, Jack ? Je croyais que nous devions rejoindre Conall à l'opéra ? demanda Katie à son chauffeur, très impatiente à cette perspective.

Cela faisait quatre semaines exactement qu'elle avait fait l'amour avec Conall à Paris et elle n'avait toujours pas ses règles – ce qui ne signifiait rien encore car elle avait un cycle irrégulier. Évidemment, pour se rassurer, elle aurait pu faire un test de grossesse, mais Conall ne le lui avait pas demandé. En fait, depuis son retour d'Australie trois semaines plus tôt, il n'avait plus reparlé de la possibilité d'avoir un enfant, alors, elle avait préféré attendre.

Depuis, chaque fois qu'ils avaient fait l'amour – et c'était arrivé très souvent –, Conall avait enfilé un préservatif, ce qui avait donné à Katie le sentiment de compter pour lui, mais elle s'était aussi demandé s'il était vraiment prêt à assumer son éventuelle grossesse. De son côté, elle ne savait pas trop où elle en était dans cette relation, toujours au stade de la lune de miel… et quelle lune de miel !

Après tant d'années passées sans faire l'amour, elle découvrait un aspect inédit de sa personnalité, sensuel, excitant, érotique, qu'elle s'empressait d'explorer plus avant chaque fois qu'elle en avait l'occasion. Surtout, pour la première fois de sa vie, elle avait vraiment l'impression d'être en couple.

Son expérience avec Tom avait été si brève et si tragique

qu'elle n'avait même pas eu le temps de simplement passer du temps avec lui et de lui parler comme elle le faisait avec Conall. Oui, ils parlaient de tout, de l'endroit où ils pourraient passer le week-end – la vaste maison Regency qu'il possédait à Kensington ou son deux-pièces à Shoreditch –, s'ils cuisineraient ou sortiraient dîner dans un des restaurants étoilés où il avait ses habitudes.

Sa vie sociale avait aussi beaucoup changé dans la mesure où Jack Mulder se présentait à son bureau plusieurs fois par semaine pour l'emmener à une soirée mondaine, à Londres ou à Dublin, une fois même à Milan. Au départ, elle s'était sentie nerveuse – elle avait l'habitude d'organiser des événements et non d'y être invitée –, puis elle était devenue presque aussi blasée que Conall lui-même et s'était accoutumée à voyager en jet privé ou en hélicoptère, à avoir son propre chauffeur, à fréquenter des stars de la scène et de l'écran, des hommes politiques, des divas de la pop, des sportifs et autres célébrités. Et elle s'était aussi adaptée aux intrusions des paparazzis et de la presse dans sa vie privée.

Mais les meilleurs moments étaient ceux qu'elle passait en tête à tête avec Conall. Ils étaient l'un et l'autre très pris par leur travail, et adoraient passer leurs soirées seuls tous les deux, le plus souvent chez lui.

Elle n'en savait toujours pas très long sur lui, mais au fond elle s'en moquait. Ils étaient trop occupés à apprendre à se connaître, et ces grandes questions pouvaient attendre. Elle prenait plutôt plaisir à le découvrir à travers des détails – il cuisinait merveilleusement l'irish stew, il s'endormait vite après l'amour, blotti contre elle, et il connaissait parfaitement le film *Lolita malgré moi* que ses sœurs avaient regardé en boucle durant leur adolescence.

— M. O'Riordan m'a demandé de vous conduire d'abord chez lui, répondit Jack en souriant tandis qu'ils se dirigeaient vers Kensington Gardens. L'opéra commence dans plus d'une heure.

— Très bien.

Elle lui sourit en retour, tout heureuse à la perspective de se retrouver seule avec Conall pendant une heure, et rougit à la pensée de ce qu'ils pourraient faire. Ils ne s'étaient pas vus depuis deux jours car il avait dû partir à l'improviste en Irlande.

La voiture s'immobilisa enfin devant la façade néoclassique de la maison et, après avoir dit au revoir à Jack, elle en monta les marches. La porte s'ouvrit et Conall parut sur le seuil, vêtu d'un smoking.

Katie sentit son cœur se gonfler de joie.

— Pourquoi as-tu mis aussi longtemps ? demanda-t-il tandis qu'elle se précipitait vers lui.

Elle se blottit dans ses bras, humant avec délice son délicieux parfum de pin et de genièvre, écoutant les battements de son cœur, aveuglée par l'émotion. Il l'entraîna à l'intérieur, referma la porte derrière eux d'un coup de pied et lui prit le visage entre ses mains.

— C'est bon de te revoir, dit-il avant de poser la bouche sur la sienne.

Un baiser profond et passionné, plein de désir et de promesses. Les mains de Katie explorèrent les muscles tendus de son ventre, sous le fin tissu empesé de sa chemise tandis qu'il lui prenait les fesses à pleines mains. Mais au moment où elle commençait à le déboutonner il s'écarta d'elle et la tint à distance.

— Minute ! Il va falloir remettre nos retrouvailles à plus tard, après l'opéra, dit-il en la fixant droit dans les yeux mais avec un sourire un peu contraint.

— Pourquoi ? s'enquit-elle, visiblement déçue.

— Ne fais pas la tête, répondit-il en lui effleurant les lèvres du pouce. J'ai un cadeau pour toi.

Il la prit par la main et la guida à travers le hall vers la bibliothèque qui sentait la lavande et la cire.

— Assieds-toi.

Il ouvrit un coffre encastré dans une étagère, dont il tira un petit écrin de velours. Le cœur de Katie se mit à battre la chamade tandis qu'il s'agenouillait devant elle.

— Conall ? souffla-t-elle, stupéfaite, incapable de parler ou de penser de façon cohérente.

Il ne lui avait plus parlé mariage depuis leur nuit à Paris et elle s'était imaginé qu'il avait changé d'avis. Alors, quand il ouvrit l'écrin, révélant une bague ancienne sertie de diamants, le cœur de Katie s'arrêta de battre.

Il la prit par le menton pour lui faire lever le visage et plongea son regard dans le sien avant de lui caresser doucement la joue.

— Respire, Katherine, murmura-t-il de cette voix rauque qui ne manquait jamais d'éveiller son désir – elle soupçonnait qu'elle l'éveillerait toujours.

Il sortit la bague et prit dans la sienne sa main tremblante.

— C'est la bague de ma mère. Je suis allé la chercher en Irlande après avoir demandé à Immy et à Mel si elles étaient d'accord pour me la laisser.

— Vraiment ?

Elle était si abasourdie qu'elle devait faire un effort pour penser à respirer. Elle n'avait pas encore rencontré sa sœur Mel, ni son jeune neveu Cormac, mais avait noué avec Imelda une excellente relation – apparemment, celle-ci était ravie que son frère sorte enfin avec « une vraie femme » comme elle l'avait dit à Katie – et appréciait qu'il ait discuté de leur mariage avec ses sœurs.

— J'aimerais que tu la portes, Katherine, et je veux t'épouser.

— Mais…

Elle ne put poursuivre, interdite, le souffle court. La première fois qu'il l'avait demandée en mariage, elle avait cru qu'il parlait à la légère et elle n'y avait plus repensé depuis. Mais, même si son cœur désespérément romantique brûlait de dire oui, il était clair que rien de bon ne pouvait sortir d'une telle union. Il lui avait dit et répété qu'il ne l'aimait pas, mais qu'il n'avait jamais jugé l'amour nécessaire dans ce type de relation. Hélas, depuis, ses propres sentiments à l'égard de Conall étaient devenus beaucoup plus profonds et elle savait désormais qu'ils allaient bien au-delà d'une simple entente physique. Mais n'était-ce pas trop tôt ? Elle n'était pas encore convaincue qu'il n'agissait pas uniquement par sens du devoir et de ses responsabilités. Certes, il s'intéressait à elle, il le lui avait prouvé de mille façons durant le mois écoulé, et pourtant…

— Je ne suis pas forcément enceinte, Conall, déclara-t-elle pour mieux jauger sa réaction.

Lui proposait-il le mariage par obligation, à cause de ce qui était arrivé à sa sœur ?

— J'aurais dû faire un test de grossesse, ajouta-t-elle en se demandant pourquoi elle ne l'avait pas déjà fait. Je peux en faire un dès demain. Nous serons alors sûrs que…

— Chut ! dit-il en posant un doigt sur ses lèvres. Cela n'a rien à voir avec une éventuelle grossesse. Comme je te l'ai déjà dit, à mon âge, je n'aurais rien contre le fait d'être père, bien au contraire. Cela nous concerne seulement toi et moi : je veux que tu deviennes ma femme.

Elle poussa un soupir, et dans son cœur la panique laissa place à un sentiment plus perturbant encore : l'espoir.

— Mais… Conall, pourquoi ? se força-t-elle à demander.

Il se leva en fronçant les sourcils, tenant toujours la bague au creux de la main et s'éloigna d'elle.

— Parce que nous nous convenons, Katherine, c'est évident, répondit-il en se passant la main dans les cheveux. Tu m'excites terriblement, et j'apprécie ta compagnie. Tu es drôle, tendre et compréhensive. Et surtout, tu es indépendante et intelligente. Durant tout le mois passé, nous avons formé une excellente équipe, tous les deux.

Ce n'était pas la déclaration d'amour dont elle rêvait, mais Conall était un pragmatique. Avec lui, les mots comptaient moins que l'émotion qui passait entre eux. Son agitation, son impatience et ses sourcils froncés en étaient une preuve plus convaincante que la belle bague qu'il tenait dans sa main ouverte.

— Et…

De nouveau, il s'agenouilla devant elle et la contempla d'un regard si passionné et si déterminé qu'elle sentit son cœur éclater dans sa poitrine et sa résistance faiblir.

— Et si nous avions la chance d'avoir des enfants, maintenant ou plus tard, reprit-il, je sais que tu seras une bonne mère. Tu es forte, et c'est important, car il n'est pas toujours facile d'être mère. La mienne a dû se battre…

Il s'interrompit soudain et rougit avant de détourner la tête.

— Conall ? Qu'allais-tu me dire ?

Jamais il ne lui avait parlé de sa mère, mais elle savait que Maeve O'Riordan était morte deux ans à peine après son mari. Durant ces dernières semaines, les rares fois où il avait abordé des sujets personnels, il lui avait parlé librement de son père. Assez pour qu'elle comprenne que Ronan O'Riordan avait tenu un grand rôle dans la vie de Conall qui l'admirait et le respectait. Sa mort soudaine dans un accident avait été un terrible traumatisme pour son fils unique, même s'il ne voulait ou ne pouvait pas le reconnaître.

Mais sa relation avec sa mère demeurait un mystère que Katie n'avait pas cherché à sonder. Elle savait à quel point un deuil peut faire souffrir, surtout quand la relation avec la personne décédée a été conflictuelle. Après la mort de sa mère, elle avait eu elle-même bien des problèmes à résoudre. Et elle avait dû reconnaître que cette dernière s'était davantage consacrée à son art qu'à offrir à sa fille une vie stable et sereine.

— Rien, murmura-t-il contre toute évidence.

En le voyant rougir, elle venait de comprendre que, contrairement à ce qu'il prétendait, sa demande n'était pas déterminée par l'alchimie qui les liait ni par des commodités pratiques, ni même par leur bonne entente durant les semaines précédentes.

Se pouvait-il que Conall ait d'elle le même besoin qu'elle ? Son cœur se gonfla de joie à cette idée.

— Conall, tu sais que tu peux me faire confiance, n'est-ce pas ? dit-elle en posant la main sur son bras.

— Je ne veux pas parler de ça, répondit-il d'une voix mal assurée, contrairement à son habitude.

— Je comprends.

Elle ne tenait pas à le pousser dans ses retranchements, ni à s'en formaliser. Mais quand elle ôta la main, il la prit par le poignet pour l'attirer à lui.

— Non, tu ne peux pas comprendre, murmura-t-il en lui caressant la joue, en proie à une émotion qu'elle voyait émerger pour la première fois depuis leur rencontre.

Contrairement à elle, il réussissait toujours à se maîtriser, mais en cet instant son visage exprimait non seulement du chagrin et de la tristesse, mais aussi de la honte et de la culpabilité.

— Elle s'est suicidée, balbutia-t-il. Elle nous a abandonnés, mes sœurs et moi, parce qu'elle ne pouvait pas vivre sans lui. Elle avait toujours été si fragile…

Il la lâcha et se leva.

— Avant de nous avoir, mes sœurs et moi, elle avait fait deux fausses couches qui l'avaient dévastée. Mon père s'en est toujours voulu. Certains jours, elle ne pouvait pas se lever, alors, c'est lui qui faisait tout. Un jour, je lui ai demandé pourquoi il cédait à ses caprices et il m'a giflé. C'est l'unique fois où il m'a frappé.

Il se rassit sur le canapé, la tête entre ses mains.

— Il l'adorait. Il lui pardonnait tout. Et moi, je n'ai rien compris.

Katie s'agenouilla près de lui et son cœur se serra en voyant la honte et la confusion dans ses yeux quand elle posa les mains sur ses genoux.

— Il me manque chaque jour, mais pas elle, même si je sais que ce n'était pas sa faute si elle était dépressive. Si l'amour, c'est ça, je m'y refuse. Si c'est ce que tu attends de moi, je ne peux pas te le donner.

Il désigna la superbe bague au creux de sa paume.

— Ce bijou doit être maudit. Comment ai-je pu ne pas y penser ? murmura-t-il, visiblement si bouleversé que les larmes montèrent aux yeux de Katie pour le jeune garçon qu'il avait été, presque un enfant encore, qui n'avait pas pu faire son deuil de tous ceux qu'il avait perdus en si peu de temps.

L'amour n'était pas une faiblesse, mais une force. Pas un cadeau qu'on recevait, mais un don qu'on offrait. Le père de Conall l'avait bien compris, et Conall tout autant – même s'il ne s'en rendait pas compte. Sinon, pourquoi aurait-il tant fait pour garder sa famille unie après la mort de ses parents ?

Elle ne pouvait pas le lui dire, mais elle saurait le lui faire comprendre. Soudain, elle sut qu'elle l'aimerait pour le meilleur ou pour le pire, même s'il ne l'aimait pas en retour. Et pourtant, il en était capable. Un jour…

En ce moment, il était terrifié à l'idée d'éprouver de nouveau un sentiment aussi profond pour quelqu'un d'autre que son père, ses sœurs ou même sa mère, mais elle se sentait capable d'attendre.

— J'aimerais porter cette bague, dit-elle en prenant son visage entre ses mains.

— Tu accepterais donc de m'épouser ? demanda-t-il avec dans le regard une lueur de triomphe.

— Oui, souffla-t-elle.

Il la prit par le cou pour l'attirer à lui et l'embrasser, puis se leva sans la lâcher.

— Je sens que nous allons être en retard à l'opéra.

Effectivement, ils prirent une heure de retard. C'est Conall qui fit sortir Katie du lit car, contrairement à lui, elle aimait passionnément l'opéra, il le savait. Et puis, s'ils étaient restés plus longtemps au lit, jamais il n'aurait réussi à en sortir : le désir qui le tenaillait depuis un mois n'avait pas faibli. Cette semaine, il avait dû faire un immense effort pour quitter Londres sans elle, après avoir délaissé ses affaires et être rentré d'Australie en toute hâte, deux jours plus tôt que prévu, pour la retrouver.

Il avait espéré qu'après lui avoir passé la bague au doigt son désir se tarirait… Mais en la regardant s'installer sur son siège, dans leur loge privée, les yeux brillants d'émotion tandis que la soprano entamait son grand air, il comprit qu'il s'était trompé.

Elle portait une robe de satin bleu ajustée et ses boucles étaient encore ébouriffées après leurs ébats. Comment s'y prenait-elle pour être de plus en plus belle ? Tandis qu'il s'asseyait, son regard se posa sur la bague qu'il lui avait passée au doigt. Pourquoi s'était-il laissé aller à lui parler de sa mère ? Et pourquoi l'avait-elle écouté avec tant d'intérêt ?

Durant tout le deuxième acte, il n'eut qu'une idée en tête : introduire la main sous sa robe pour la toucher, la goûter. Pourquoi ce désir si urgent, si permanent d'être auprès d'elle ? Pour marquer qu'elle lui appartenait par l'unique moyen qu'il connaissait ?

Quelle folie ! Il pressentait que leur relation allait bien au-delà d'une simple attirance physique ou d'un mariage de pure convenance. Elle se nourrissait de son regard, si ouvert, si franc, si plein d'espoir, quand il lui avait avoué qu'il ne pourrait jamais lui offrir d'amour et qu'elle avait néanmoins accepté de l'épouser.

C'est à ce moment-là qu'il avait compris que Katherine s'était persuadée qu'il était l'homme qu'il lui fallait, alors qu'il savait très bien que c'était faux. Il aurait dû lui dire la vérité, lui faire comprendre qu'il ne méritait pas d'être aimé et qu'il ne le mériterait jamais. Parce qu'il était lui-même incapable d'aimer.

Il avait déçu sa mère en l'accusant d'une faute dont elle n'était pas coupable, sans jamais réaliser avant qu'il ne soit trop tard le poids du chagrin qui la plombait… Il décevrait forcément Katherine, car jamais il ne serait capable de s'ouvrir à ce genre de sentiment. Mais il avait trop envie de sa présence dans sa vie.

Elle le regarda en souriant, applaudissant les chanteurs qui quittaient la scène, et le théâtre commença à se vider pour l'entracte.

— Au moins nous n'aurons pas entièrement raté la première partie, lui dit-elle.

Il se leva et lui tendit la main. Il avait besoin de sortir de cette loge avant de commettre une folie.

— Allons boire quelque chose…

Il la guida à travers la foule vers le bar réservé aux occupants des loges.

— Si nous commandions du champagne ? proposa-t-il pour fêter leurs fiançailles.

Pourquoi tout compliquer ? Elle avait accepté de l'épouser et ils formeraient un duo de choc. Peut-être un enfant était-il déjà en route… Il faudrait lui dévoiler la relation de son frère Ross avec Mel, mais cela pouvait attendre après leur mariage qu'il comptait bien célébrer au plus vite.

Elle acquiesça d'un signe de tête. Le bleu de sa robe faisait ressortir ses adorables taches de rousseur. Il allait passer sa commande quand il la vit pâlir en découvrant quelqu'un, derrière lui.

— Ross ?

Il se retourna et vit un grand type accompagné d'une femme qui lui parut vaguement familière, mais c'est le visage de l'homme qui mobilisa toute son attention.

— Je ne savais pas que tu aimais l'opéra, balbutia Katherine à l'adresse du nouveau venu, mais Conall l'entendit à peine tant la fureur grondait dans ses oreilles.

— Ce n'est pas ma tasse de thé, répondit Ross De Courtney dont le visage s'était radouci quand il avait aperçu Katherine. Dis donc, Katie, tu es… Eh bien…

Ses yeux bleu-vert trop semblables à ceux de Mac se posèrent sur Conall à qui il adressa un sourire caustique.

— Bonsoir ! Vous êtes O'Riordan, n'est-ce pas ? J'ai lu dans la presse que vous sortiez ensemble. Je suis le frère de Katie, dit-il en lui tendant la main. Ross De Courtney.

— Je sais parfaitement qui vous êtes, grommela Conall en enfouissant sa propre main dans sa poche pour dissimuler le poing serré qu'il rêvait d'abattre sur le visage de ce monstre.

— Nous nous connaissons ? s'enquit l'autre en levant un sourcil.

— Non, Dieu merci. Mais je sais quel salaud vous êtes.

— Conall ? intervint Katie, choquée par sa grossièreté.

Il n'en tint pas compte. Comment cet individu pouvait-il prétendre être son frère ? Il n'en avait pas le droit. Et comment osait-il le toiser, comme s'il n'était pas digne de sortir avec sa sœur, alors qu'il s'était comporté de façon si honteuse avec Mel ?

— Que se passe-t-il ? s'enquit Katie, éberluée.

L'inquiétude dans sa voix renforça encore la fureur de Conall. Il aurait dû tout lui raconter. Lui dire que Ross De Courtney était le salaud qui avait séduit et abandonné Carmel. Mais maintenant il était trop tard, et il n'avait plus qu'une idée en tête : éloigner cet homme de Katherine. Car elle avait eu l'air contente de le voir et semblait prête à lui pardonner son indifférence. Non, ce n'était pas le genre de frère qu'il aurait fallu à un être aussi tendre, doux et compatissant qu'elle.

C'est d'ailleurs pour cette raison qu'elle accepte de t'épouser, alors que tu ne peux pas l'aimer.

Il chassa cette horrible pensée et la honte qu'elle lui causait. Même s'il ne pouvait aimer Katherine, il la protégerait de son salaud de frère.

— Éloigne-toi, s'écria-t-il. Tu n'as pas le droit de lui parler.

— Dis donc ! Tu te prends pour qui ?

— Pour celui qui va l'épouser ! lança Conall, furieux.

Soudain, il sentit les doigts de Katherine lui serrer le bras, et de nouveau la honte le submergea.

— Partons, murmura-t-il entre ses dents. Il faut que je te parle.

— Katie, ne l'écoute pas. Ce type a visiblement perdu la tête ! s'écria De Courtney.

Conall le toisa, dévoré par l'envie de le frapper, mais honteux jusqu'au malaise.

De Courtney n'avait aucune importance. Ce qui comptait maintenant, c'était de tout expliquer à Katherine, même s'il ne savait pas au juste ce qu'il fallait lui dire... Comment gérer l'horrible situation dans laquelle il s'était mis ? D'ailleurs, il n'avait même plus pensé à Carmel ni à Mac. Il n'avait eu qu'une idée en tête : protéger Katherine.

Elle fixa longuement son frère, puis son regard revint vers lui.

— Partons ! dit-elle.

Ignorant Ross De Courtney qui le traitait de fou, il accompagna sa fiancée vers la sortie, en proie à une douleur si forte, si viscérale qu'il en fut épouvanté.

14.

Frissonnante, recroquevillée sur elle-même, Katie tentait de recouvrer son calme en regagnant la voiture stationnée devant l'opéra. Soudain, elle réalisa que son manteau était resté dans la loge. Pourtant, ce n'était pas le vent d'hiver qui la faisait grelotter, mais la main de glace qui lui étreignait le cœur.

— Tu es gelée, constata Conall avant de poser son propre manteau sur les épaules de la jeune femme et de la prendre par la taille pour l'aider à monter dans la voiture dont Jack Mulder venait d'ouvrir la portière.

L'odeur familière de pin et de genièvre ainsi que le manteau encore tiède de Conall l'apaisèrent un peu. Elle s'assit sur le siège avec raideur, comme un automate. Une part d'elle-même demeurait sous le choc, tandis qu'elle se remémorait l'expression de pure haine de Conall face à son frère, au point qu'elle avait eu du mal à le reconnaître. Une phrase qu'il avait prononcée lui revenait sans cesse en tête : « Je sais parfaitement qui vous êtes. »

Comment pouvait-il connaître son frère ? Et pourquoi Ross n'avait-il rien dit ?

Depuis sa conversation avec Conall, à Paris, elle envisageait de contacter Ross. Il vivait maintenant à New York et elle connaissait ses coordonnées. Elle avait été stupide de rompre avec lui, par orgueil mal placé, et elle comprenait aujourd'hui que s'il s'était opposé à son mariage avec Tom c'était pour la protéger. Elle avait refusé de lui parler tant qu'il ne se serait pas excusé, ce qu'il n'avait naturellement pas accepté de faire car il n'avait jamais su admettre ses torts.

Dès qu'elle l'avait reconnu, tous ces souvenirs et ces pensées s'étaient mis à tourner dans sa tête à toute vitesse, mais Conall était intervenu avant qu'elle ait pu les démêler.

Maintenant, elle n'avait plus qu'un seul mot en tête : *pourquoi ?* Qu'est-ce qui avait provoqué cette folie furieuse ? Elle avait cru comprendre que cela avait quelque chose à voir avec sa parenté avec Ross, mais comment aurait-ce pu être le cas, alors qu'ils avaient à peine parlé de leur passé et qu'il ne lui avait jamais posé la moindre question sur son frère ?

La voiture ralentit en contournant Covent Garden. Conall lui prit la main et la serra dans la sienne.

— Désolé, dit-il sur un ton peu convaincu, comme s'il se sentait obligé de lui présenter ses excuses.

Elle contempla la bague qu'elle avait acceptée avec tant d'empressement quelques heures plus tôt. Puis elle retira sa main et la reposa sur son genou en regardant par la fenêtre. Les boutiques de Picadilly étaient décorées pour Noël – nœuds de satin dorés et argentés, branches de pin vert et de houx aux fruits d'un rouge éclatant, guirlandes de lumières multicolores. La voiture dépassa Fortney & Mason, puis le Ritz, mais ce qui avait enchanté Katie à l'aller ne réussit pas à alléger la lourde charge qui lui pesait sur le cœur.

— Comment connais-tu mon frère ? demanda-t-elle.

Le silence se fit plus assourdissant encore et sa gorge se serra douloureusement tandis qu'elle attendait la réponse.

— S'il te plaît, reprit-elle d'une voix mal assurée, ne me mens pas.

Il lui jeta un regard qui la fit frémir mais elle ne détourna pas la tête. Une ombre de résignation mêlée de regret passa alors dans les yeux de Conall.

— Ton salaud de frère est responsable de la grossesse de ma sœur Carmel, il y a quatre ans..., grommela-t-il d'une voix mal contenue.

Stupéfaite, Katie le regarda. La colère froide qu'elle lisait dans son regard lui faisait très peur. Brusquement, un flot de souvenirs lui revint en mémoire : ce qu'il lui avait dit, ce qu'il avait fait depuis leur première rencontre. Elle avait tout mal interprété et, dans son ignorance et sa naïveté, elle lui avait trouvé des excuses parce qu'elle ne voulait voir en lui – en eux – que ce qu'il y avait de mieux. Mais maintenant elle voyait les choses tout autrement et la sinistre réalité de ses intentions lui apparaissait clairement.

— C'est pour ça que tu m'as engagée ? Et que tu m'as invitée à Paris ?

— Au départ, peut-être. Je me suis persuadé que je le faisais à cause de lui, mais après...

Il s'interrompit et leva la main pour lui caresser la joue comme il le faisait si souvent, mais elle s'écarta d'un bond.

— Katherine, ne... Ce n'est pas à cause lui..., chuchota-t-il d'une voix brisée.

— Bien sûr que si.

L'horrible sentiment d'abandon qu'elle avait éprouvé durant toute son enfance et son adolescence l'envahit à nouveau : sa mère qui refusait de la voir, son père qui n'avait pas voulu la reconnaître, son frère Ross qui la repoussait, et même Tom qui était mort alors qu'elle aurait tant voulu qu'il vive.

— C'est à cause de lui que tu m'as séduite et que tu as voulu m'épouser ! Pour venger ta sœur et ton neveu !

Haletante, elle sentit des flots de larmes rouler sur ses joues. Elle redevenait une gamine insignifiante qui n'intéressait personne. Cette fille-là, elle avait tout fait pour s'en débarrasser, pour devenir une vraie femme. Elle avait créé une affaire, elle était restée forte après la mort de son meilleur ami, et elle avait voulu tout donner à Conall, mais lui n'avait jamais vraiment voulu d'elle.

— Tu te trompes, Katherine !

Elle s'écarta de lui, dos à la portière, avant d'appuyer sur le bouton qui commandait la vitre de séparation avec le chauffeur.

— Jack, arrêtez-vous. Je dois sortir.

— Il y a quelque chose qui ne va pas, madame ?

— Garez-vous, Jack, intervint Conall.

Dès que la voiture se fut immobilisée, Katie bondit à l'extérieur et se mit à courir. En se retournant, elle aperçut Conall qui la poursuivait, l'air inquiet.

— Katherine, calme-toi, je t'en prie. Il faut que nous parlions. Je veux que tu sois ma femme. Tu es peut-être enceinte de notre enfant !

C'était vrai, mais elle préféra ignorer cette vérité.

— Tu n'as jamais eu la moindre considération pour moi, lança-t-elle d'une voix brisée.

Il sursauta comme si elle l'avait frappé. Comment avait-elle pu se montrer aussi folle, se fourvoyer à ce point ? Il lui avait pourtant dit qu'il ne pourrait jamais l'aimer, mais elle n'avait pas voulu l'entendre. Elle ôta la bague de son doigt et la lui tendit, mais au lieu de la prendre il enfonça les poings dans ses poches et la regarda.

— Je ne la reprendrai pas. En tout cas, pas avant que tu ne remontes dans cette voiture et que tu entendes raison.

Elle aurait voulu lui jeter sa bague à la figure pour lui montrer qu'elle était tout aussi furieuse que lui. Mais elle n'en eut pas la force : elle se contenta de l'enfoncer dans la poche du manteau de Conall.

— Conall, tu ne m'as pas bien comprise. Je ne peux plus être ta femme. Parce que je t'aime et que je sais que toi tu ne pourras jamais m'aimer.

Elle hésita, pour lui laisser le temps de protester, mais il resta silencieux.

— S'il y a un enfant, nous discuterons de ton droit de visite par l'intermédiaire de nos avocats. Mais je ne veux plus jamais te revoir.

Elle se força à tourner les talons et à s'éloigner, appela un taxi et usa des faibles forces qui lui restaient pour donner son adresse. Tandis qu'il démarrait, elle vit que Conall la regardait, son manteau sur le bras, et comprit qu'elle avait menti. À lui tout autant qu'à elle-même.

Deux jours plus tard, elle lui envoya un texto pour lui dire qu'il n'y aurait pas d'enfant.

15.

Deux semaines plus tard

Katie engagea sa petite voiture de location dans l'allée, et sa gorge se serra quand elle aperçut les tourelles de Kildaragh Castle qu'éclairait le froid soleil de décembre. Elle se gara devant l'entrée principale tout près du sentier menant à la crique où elle regardait naguère Conall surfer chaque après-midi. Son cœur se gonfla alors d'une angoisse et d'une tristesse insurmontables.

Il ne sera pas là. Imelda me l'a promis.

Elle resta un long moment assise dans la voiture pour reprendre ses esprits et recouvrer, dans la mesure du possible, son professionnalisme habituel.

Le mariage devait avoir lieu deux jours plus tard, mais Imelda l'avait suppliée de venir contrôler les derniers préparatifs. Après sa rupture avec Conall, Katie avait préféré confier la supervision de l'événement à un confrère basé au pays de Galles qui avait été ravi de se charger de cette mission prestigieuse.

Elle sortit de la voiture en emportant le dossier final destiné à convaincre Imelda que tout se passerait merveilleusement le surlendemain. Les invités étaient censés arriver dès le début d'après-midi et elle avait donc quitté Londres par le vol de 5 heures du matin, pour pouvoir repartir au plus vite. Néanmoins, ce n'était pas ce réveil matinal, ni son voyage tranquille jusqu'à Knock, ni son trajet le long de la côte jusqu'à Kildaragh qui l'avaient épuisée, songea-t-elle en gagnant la chapelle où elle avait rendez-vous avec Imelda. Non, cela faisait deux semaines qu'elle dormait très mal, et le souvenir de Conall hantait ses journées et ses rêves – parfois sexy, parfois douloureux, mais toujours aussi dévastateur.

Arrête de penser à lui. Tu te fais du mal.

Elle se tança une fois de plus. Ce n'est pas en revivant chaque seconde de leur relation qu'elle en modifierait l'issue ou se jugerait moins naïve. Oui, il lui avait fait du mal, mais elle s'était laissée faire et devait en assumer la responsabilité.

Elle poussa la lourde porte en chêne de la chapelle et remonta l'allée déjà magnifiquement décorée de rubans de satin vert et de superbes bouquets d'hiver qu'elle avait elle-même choisis chez un fleuriste local. Cela semblait si loin déjà…

— Bonjour Imelda, c'est Katie, lança-t-elle en regardant sa montre pour vérifier qu'elle n'était pas trop en avance. Tu es là ?

De l'intérieur de la chapelle, froid et sombre, émanait une légère odeur de renfermé à laquelle se mêlait celle des roses et des jasmins. La lumière filtrait des vitraux qu'elle avait admirés naguère.

— Non, elle n'est pas là, répondit une voix grave qui fit courir un long frisson dans tout son corps.

En se retournant d'un bond, elle découvrit près de la porte la haute silhouette de Conall et crut que son cœur allait s'arrêter de battre.

Il n'avait pas changé, et pourtant… Ses cheveux toujours impeccablement coiffés étaient en désordre et il s'était laissé pousser la barbe. Mais quand ses yeux bleus se posèrent sur elle, une émotion familière la submergea et son dossier lui tomba des mains.

— Qu'est-ce que tu fais là ? Imelda m'avait promis… Elle a prétendu que tu étais à Rome.

Son cœur battait maintenant à se rompre. Pas question de recommencer, de revivre les mêmes émotions.

— Elle a menti, répondit-il en avançant vers elle d'un pas lent mais assuré. C'est moi qui le lui ai demandé pour être certain que tu viennes, car je voulais te parler.

— Non, je ne peux pas…, s'écria-t-elle en sentant jaillir les larmes trop longtemps ravalées.

Il fallait qu'elle parte. Mais au moment où elle le croisait il la prit par les bras pour l'empêcher d'avancer.

— Ne pars pas, Katherine, je t'en prie.

Les poings serrés, elle tenta de lui échapper. En sentant son odeur, elle fut prise de panique. Il avait tenu entre ses mains ses espoirs et ses rêves et il les avait anéantis. Elle ne serait pas assez forte pour le supporter de nouveau.

— Je t'en prie, permets-moi de t'expliquer, de m'excuser… Il y a tellement de choses que tu ignores et que j'aurais dû te dire.

Malgré sa panique, elle perçut l'angoisse dans sa voix et cessa de se débattre.

— Katherine, murmura-t-il en prenant son visage entre ses mains, tu as l'air épuisée. Est-ce à cause de moi ?

Dans sa voix, il y avait une telle anxiété, et tant de regret dans ses yeux ! Pourtant elle s'écarta de lui et se raidit pour tenter de retrouver le contrôle…

— Tout va bien, dit-elle en essayant de rassembler ce qui lui restait de dignité.

— Non, tout ne va pas bien. Rien ne va bien, répondit-il en s'écartant d'elle, et pour la première fois elle découvrit à quel point il avait l'air épuisé, lui aussi.

Ces yeux cernés de mauve… Ces rides autour de sa bouche et cette mise négligée qui ne lui ressemblait pas.

Elle réprima le fol espoir qu'il ait été aussi dévasté qu'elle par leur séparation. D'abord, c'était impossible. Et puis, au fond, quelle importance ? Il lui avait menti sur tout.

— J'ai tout gâché parce que je n'ai pas voulu croire aux sentiments que j'éprouvais, commença-t-il d'une voix très basse, presque dans un souffle, qui résonnait cependant dans la vieille chapelle. Je pourrais te l'expliquer, mais je ne veux pas te faire plus de mal que je ne t'en ai déjà fait. Jamais je n'aurais dû te tromper pour te faire venir ici, mais j'étais désespéré et je ne pouvais pas te dire ce que je voulais au téléphone ou par mail.

Il s'écarta d'elle en haussant les épaules et elle fut bouleversée par la sincérité de son regard.

Ce n'était plus l'homme charismatique et puissant dont elle avait cru être tombée amoureuse, mais un être aussi perdu et hésitant qu'elle l'était elle-même. D'un geste las, il désigna la porte du bâtiment.

— Si tu veux partir, si tu refuses d'entendre ce que j'ai à te dire, je ne t'en empêcherai pas.

Elle sentit tout son corps se raidir et se tourna vers lui pour chercher son regard. La lueur d'espoir qui l'animait lui parut presque aussi douloureuse que la dévastation qu'elle venait d'y lire. Un gouffre s'ouvrait en elle et elle comprit soudain qu'il n'était pas le seul à blâmer, à accuser.

S'ils se retrouvaient tous deux dans cette situation, c'est parce qu'elle l'avait mis sur un piédestal et s'était laissé emporter par son imagination. L'avait-elle seulement vraiment vu pour ce qu'il était en réalité et non pas pour ce qu'elle désirait qu'il soit ? Avait-elle eu conscience des erreurs qu'elle avait commises ? Elle s'était précipitée dans cette aventure, prise au piège de leur désir réciproque. Jamais elle ne s'était interrogée sur ce qu'elle voulait réellement, sur ce qu'elle méritait.

Elle poussa un léger soupir qui rompit le silence tendu.

— Tu n'es pas le seul fautif, Conall, dit-elle en baissant la tête, effrayée par la douloureuse vérité qu'elle découvrait.

J'aurais dû t'obliger à m'en dire davantage. Oui, tu m'as caché la vérité au sujet de Ross, mais tu m'avais avertie que tu ne pourrais jamais m'aimer, que tu ne croyais pas à l'amour.

Elle releva la tête pour le fixer droit dans les yeux.

— J'avais accepté de t'épouser et même d'avoir un enfant de toi sans chercher à en savoir plus long, comme j'ai toujours accepté qu'on m'en donne moins qu'on aurait dû – de ma mère, de mon père, de mon frère et même de Tom. Je me suis comportée de la même façon avec toi, et c'est ma faute.

Il l'avait fait venir ici, sans doute pour la persuader que s'il l'avait demandée en mariage et avait envisagé qu'ils aient un enfant ce n'était pas uniquement parce qu'elle était liée à Ross. Elle y avait souvent réfléchi durant les deux semaines précédentes et avait réalisé qu'à ce sujet il ne lui avait pas menti. Si elle avait réagi aussi violemment quand elle avait appris la vérité, c'est parce qu'elle manquait de confiance en elle, plutôt que parce qu'il lui avait caché ce qu'il savait des relations de Ross et de Carmel. Après tout, dès le départ, il lui avait exposé les raisons pour lesquelles il voulait l'épouser et avoir un enfant d'elle. Pourtant, elle avait rejeté cette explication qu'elle trouvait trop terre à terre, et en avait cherché une autre.

Elle essuya les larmes qui perlaient à ses yeux. Malgré le chagrin qu'elle éprouvait, elle se sentait plus forte qu'elle ne l'avait jamais été.

— Mais je ne peux pas..., poursuivit-elle, je ne veux pas... Si tu m'as fait venir ici pour me convaincre que ta demande en mariage n'a pas pour seul but de te venger de Ross, je le sais déjà. Mais cela ne suffira pas à me faire changer d'avis, parce que j'en ai assez de me contenter du peu qu'on veut bien me donner.

Conall enfonça les mains dans ses poches, l'estomac noué, le cœur battant à se rompre, en proie à un désir irrésistible. L'avait-il jamais trouvée aussi superbe qu'en cet instant ? Son regard épuisé ne diminuait en rien l'aura de force et de beauté qui émanait d'elle comme une lumière éclatante.

Il l'avait toujours jugée fine, drôle, captivante et assez sexy pour ne lui accorder aucun répit..., mais il n'avait pas vraiment réalisé à quel point elle était forte. Et au moment même où il comprenait qu'il avait absolument besoin de cette lumière éclatante dans sa vie, voilà qu'elle lui expliquait qu'elle refusait sa demande en mariage !

Il serra les poings, résistant au désir de caresser sa joue humide de pleurs, d'embrasser son nez parsemé d'adorables taches de rousseur, de la ramener dans tous les lieux où ils étaient déjà allés ensemble...

Il savait qu'il n'aurait pas le droit de la toucher avant de lui avoir demandé pardon pour tout le mal qu'il lui avait fait. Il avait prévu de lui dire dès le départ que s'il l'avait demandée en mariage ce n'était pas à cause de Ross, ni de Carmel, ni de Mac. Il avait pratiquement oublié sa colère contre son frère quand il avait aperçu celui-ci, au bar de l'opéra. Mais elle n'y avait pas cru.

— Je l'ai compris.

— Très bien. Alors...

De nouveau elle se dirigea vers la porte, mais, en la voyant s'éloigner, il prononça les seuls mots capables de l'arrêter, il le savait, et ces mots reflétaient la pure vérité.

— Katherine, je suis tombé amoureux de toi le jour même de notre rencontre.

— Pardon ?

Elle s'immobilisa et le contempla, les yeux écarquillés, doutant visiblement, et il comprit alors que, même si lui ne pouvait envisager de vivre sans elle, elle n'avait aucune idée de l'importance qu'elle avait pour lui, ni de sa propre valeur. Par sa faute à lui, et par celle de tous ceux qui ne l'avaient jamais traitée comme elle l'aurait mérité.

Plus jamais ça.

Au même moment, les mots qu'il redoutait de prononcer et les sentiments qu'il avait toujours refusé de reconnaître lui échappèrent, sans le moindre filtre.

— Je ne m'en suis pas rendu compte, parce que…

La stupéfaction qu'il lut sur le visage de Katherine lui permit de reconnaître qu'il avait tout gâché.

— Jusque-là, j'avais réussi à me convaincre que l'amour ne pouvait tenir aucune place dans ma vie. Pour moi, c'était un piège, un fardeau. Mon père avait essayé de me faire changer d'avis, mais sans succès. Il m'a dit et répété que les femmes étaient la meilleure part de la vie, qu'il fallait les honorer et les respecter, les chérir et les protéger, et c'est ce que j'ai fait. Mais je n'ai pas compris qu'en fait il me parlait de l'amour lui-même.

— Il devait être un excellent père, dit-elle doucement en posant la main sur son bras, et ça a dû être très dur pour toi de le perdre.

Le doux contact de ses doigts était comme un baume et, une fois de plus, il constata à quel point elle savait se montrer compatissante. C'eût été tellement facile en cet instant de lui parler de sa mère et de lui confier que c'était lui qui l'avait trouvée, cet horrible matin de Noël. La culpabilité et la peur le hantaient depuis cette terrible découverte. Peut-être le lui avouerait-il un jour, parce qu'il savait qu'elle l'écouterait et lui dirait les mots qui auraient aidé le jeune garçon qu'il était alors à apaiser son chagrin.

En se mordant la lèvre, il ravala cette horreur : s'il lui en parlait maintenant, il aurait l'impression de se servir contre elle de la compassion qu'elle lui témoignait et de la manipuler. Il ne voulait plus se comporter ainsi alors qu'il l'aimait tant.

Il lui prit donc la main et la porta à ses lèvres. En la

sentant frémir, il trouva la force de lui sourire et de lui parler comme il aurait dû le faire des semaines plus tôt :

— Oui, c'était un excellent homme et un excellent père. Courageux et honnête. Lui, il n'avait pas peur de l'amour. Tu lui ressembles.

— Qu'essaies-tu donc de me dire ?

En voyant une lueur d'espoir briller dans ses yeux, il comprit qu'elle lui avait déjà pardonné. La joie le submergea alors, et il se promit de ne jamais, jamais considérer comme un dû l'amour qu'elle éprouvait à son égard. De ne jamais le minimiser, ni l'ignorer, ni le craindre. Parce qu'il préférait désormais protéger Katherine que se protéger lui-même.

— Ah, *mo mhuirnin,* murmura-t-il en lui caressant tendrement la joue sans cesser de la couver d'un regard qui exprimait tout l'amour qu'il ressentait. Ce que j'essaie de te dire, c'est que je t'adore…

— Tu es sérieux ? répondit-elle, tout comme le jour de leur première rencontre, mais sa voix n'exprimait plus le moindre doute.

— Oui, sans rire du tout, déclara-il d'une voix ferme et assurée. Et maintenant, accepteras-tu de m'épouser ?

Le visage de Katherine s'illumina d'un sourire aussi éclatant qu'un rayon de soleil un jour de pluie, aussi merveilleux qu'un arc-en-ciel.

— Il le faut bien, dit-elle comme si elle devait fournir un immense effort pour l'accepter, mais la joie qui brillait dans ses yeux suffit à le tranquilliser.

— Quel bonheur !

Il la prit par la taille, la souleva et la fit tourner avec lui. Puis il la reposa sur le sol et leurs bouches se joignirent en un long baiser passionné. Avant de perdre la raison, il se souvint fugitivement de son père, et se jura de la chérir et de l'aimer, chaque jour et tout au long de leur vie.

Vous avez aimé *La proposition d'un Irlandais* ?
Découvrez un nouveau roman de Heidi Rice
dès le mois de septembre dans votre collection Azur !

Retrouvez prochainement,
dans votre collection

AZUR

Leur royal secret, de Lynne Graham - N°4499
Fière et indépendante, Gaby a toujours su combien Angel Diamandis pouvait être dangereux pour son cœur. Toutefois, rien ne l'a préparée à la passion qui s'empare d'elle quand elle se retrouve dans le lit du prince. Entre eux le désir est vif et ses conséquences, irrémédiables. En effet, un an plus tard, Gaby doit présenter à Angel le secret de leur folle aventure – un fils !

L'amant d'une innocente, d'Annie West - N°4500
Victime de menaces, Lola ne voit qu'une personne vers laquelle se tourner : Niall Pedersen, un magnat de la sécurité qui est aussi le meilleur ami de son frère. Si elle nourrissait autrefois pour Niall un béguin d'adolescente, c'est une passion dévorante qu'il éveille en elle à l'occasion de leurs retrouvailles. Tandis qu'elle séjourne chez lui, dans sa luxueuse demeure australienne, Lola perd vite la raison en devenant la maîtresse de son protecteur…

Tête-à-tête avec un Grec, de Michelle Smart - N°4501
Keren a fui l'île d'Agon le cœur brisé, convaincue que son mariage était terminé. C'est donc avec émotion qu'elle y retrouve Yannis, dix-huit mois plus tard. Si elle sait qu'il est temps pour eux d'officialiser leur séparation, son époux grec lui propose un marché. Il signera les papiers du divorce à la condition qu'elle reste trois jours avec lui. Un tête-à-tête qui ravive aussitôt le souvenir de la tragédie qui les a séparés mais aussi la passion brûlante qui les liait autrefois…

L'été d'un prince, de Katrina Cudmore - N°4502
Journaliste passionnée, Toni Clarke a une opportunité formidable : interviewer Ivo, le très secret prince de Monrosa. Alors qu'elle est autorisée à l'accompagner sur sa propriété, une *finca* méditerranéenne qu'il habite au milieu des oliviers, elle découvre l'homme derrière le souverain. Et la passion entre ses bras… Coupés du monde, ils partagent des moments intenses et inoubliables, si bien que Toni se demande comment elle parviendra à renouer avec la réalité, si éloignée d'un conte de fées…

L'enfant d'un disparu, de Tara Pammi - N°4503

Priya est sous le choc. L'homme qui se tient devant elle n'est autre que son mari, qu'elle croyait mort huit ans plus tôt ! Revoir Christian bouleverse son univers tout entier. Car, si leur mariage est resté pour elle un mirage, leurs retrouvailles sont plus réelles que jamais. Malgré le doute et les questions qui l'assaillent, Priya sait qu'elle va devoir révéler à Christian que durant sa trop longue absence tous deux ont eu un enfant. Un fils qui aujourd'hui a besoin de son père…

La protégée du magnat italien,
de Chantelle Shaw - N°4504

Parce qu'il connaît le monde impitoyable des affaires, Daniele a promis de veiller sur Paloma Morante, l'héritière d'un empire. Mais ses retrouvailles avec la jeune femme lui rappellent les raisons pour lesquelles il l'a tenue à distance si longtemps. Audacieuse et sexy, sa protégée est la tentation incarnée ! Or s'il lui a proposé de l'épouser c'est uniquement pour assurer sa sécurité, de jour comme de nuit…

Éprise d'un aristocrate, de Rebecca Winters - N°4505

Embauchée pour rénover une fabuleuse demeure de Provence, Camille tombe immédiatement sous le charme de Raoul Fontesquieu, le maître des lieux. L'homme est toutefois hors de sa portée. Non seulement il vient de se découvrir un fils auquel il souhaite se consacrer pleinement mais, surtout, il est issu de l'aristocratie. Si deux mondes les opposent, Camille et Raoul se rapprochent pourtant, corps et âme, jusqu'à douter de pouvoir vivre l'un sans l'autre…

Un cheikh envoûtant, de Pippa Roscoe - N°4506

SÉRIE : *PRÉCIEUX HÉRITAGE* - 2/3

Star Soames s'est donné une semaine pour chercher au royaume de Duratra la mystérieuse clé qui la mènera aux bijoux disparus de sa famille. Or, alors que sa quête la conduit au palais royal, elle y fait la connaissance d'un sublime inconnu, dans les bras duquel elle s'autorise une nuit de passion. Quelle n'est pas sa stupeur de découvrir le lendemain qu'il n'est autre que Khalif al-Azhar, l'héritier du trône ! Envoûtée par son aura magnétique, Star accepte de le suivre dans le désert…

Le baiser du Cap, de Joss Wood - N°4507

SÉRIE : *SCANDALE EN AFRIQUE* - 1/3

« Si je t'embrasse, il n'y aura pas de retour en arrière possible… » Face au sublime Radd Tempest-Vane, Brin retient son souffle. Jamais elle n'a été aussi troublée par un homme, or celui-ci s'avère être son employeur ! Recrutée par Radd pour parer de fleurs le Kagiso Lodge, sa luxueuse villa sud-africaine qui abritera le mariage de l'année, Brin doit garder son sang-froid. Ce contrat pourrait en effet lancer sa carrière, ou la briser si elle perd la raison dans les bras de ce milliardaire qui lui sera à jamais interdit…

La reine du Nabhan, de Julieanne Howells - N°4508

Pour prouver l'innocence de son frère, Lily est prête à tout – et même à se faire passer pour la fiancée de Khaled, futur roi du Nabhan. Certes, elle n'a rien d'une princesse, mais elle n'aura aucun mal à feindre d'être amoureuse de Khaled, alors que celui-ci la bouleverse d'un seul regard. Mais tandis que tous deux se rapprochent, jusqu'à succomber à la passion dans les bras l'un de l'autre, Lily comprend qu'elle a mis en danger son cœur en prenant part à ce jeu si troublant…

Entre les bras de Marco Ferranti, de Kate Hewitt - N°4509

Marco Ferranti lui propose de l'héberger pour la nuit ? Malgré le calme qu'elle s'efforce d'afficher, Sierra sent une puissante fureur monter en elle. Cet homme arrogant et imbu de lui-même croit-il vraiment qu'après l'avoir humiliée de la pire des façons – en obligeant son père à la déshériter à son profit – il va pouvoir la mettre dans son lit ? C'est tout simplement hors de question ! Pourtant, alors que les inondations qui touchent la Sicile l'empêchent de repartir, Sierra se voit contrainte d'accepter. Mais elle se tiendra sur ses gardes, elle s'en fait la promesse. Car elle n'a pas confiance en Marco et ne peut se fier aux sentiments contradictoires qu'elle a toujours éprouvés pour lui…